L'épouse d'Alexeï Kolovsky

Chère lectrice,

Que ressentiriez-vous si vous rencontriez par hasard l'homme dont vous étiez secrètement amoureuse adolescente, et que celui-ci, loin de vous témoigner indifférence et condescendance, comme par le passé, s'approchait de vous, un sourire irrésistible aux lèvres, et se penchait pour vous donner un baiser étourdissant, enivrant ? C'est ce qui arrive à Megan, de passage à Madrid, quand elle tombe nez à nez avec le beau Emilio Rios… La suite de cette belle histoire pleine d'émotions et de passion, je vous laisse la découvrir dans *L'amant de Madrid* de Kim Lawrence (n°3178) : un vrai plaisir de lecture.

Par ailleurs, je suis heureuse de vous annoncer la parution, ce mois-ci, d'un nouveau roman de Carol Marinelli, *L'épouse d'Alexeï Kolovsky* (n°3184) qui vous fera pénétrer en privilégiée dans le monde féerique de la haute couture. L'héroïne du roman, Kate, portera-t-elle la fameuse robe de mariée de la célèbre maison de couture, celle que l'on réserve aux femmes de la famille ? Si vous aimez ce roman, comme je le pressens, vous aurez le plaisir de découvrir la suite du « Secret des Kolovsky » en décembre. Deux romans à ne pas rater pour terminer l'année en beauté !

Très bonne lecture.

La responsable de collection

CAROL MARINELLI

L'épouse d'Alexeï Kolovsky

collection Azur

éditions HARLEQUIN

Collection : Azur

Cet ouvrage a été publié en langue anglaise
sous le titre :
THE LAST KOLOVSKY PLAYBOY

Traduction française de
LOUISE LAMBERSON

83-85, boulevard Vincent-Auriol, 75646 PARIS CEDEX 13 — Tél. : 01 42 16 63 63
Service Lectrices — Tél. : 01 45 82 47 47
www.harlequin.fr
ISBN 978-2-2802-3598-3 — ISSN 0993-4448

Prologue

Le cœur battant à toute allure, le visage en feu, Kate versa du café dans deux tasses d'une main tremblante. Comment pouvait-elle réagir aussi violemment, alors qu'elle était enceinte de neuf mois ?

A plusieurs reprises, elle avait eu l'occasion de voir Josef, le jeune frère de son patron, Levander Kolovsky. Aussi s'était-elle attendue à ce qu'Alexeï, le frère jumeau de Josef, ne la trouble pas plus que ce dernier. Mais depuis qu'il était apparu dans les bureaux de la Maison Kolovsky, elle était dans un état proche de la panique. Venu de Londres, où il dirigeait la succursale britannique de l'entreprise familiale, il allait passer quelques jours à Melbourne.

Bien sûr, elle avait entendu parler de sa réputation de don juan, et les frères Kolovsky possédaient tous un charme et un magnétisme puissants. Néanmoins, ce n'était pas le fabuleux physique d'Alexeï qui la rendait si nerveuse.

Lorsqu'elle s'était retrouvée à ce poste, envoyée là par son agence d'intérim, Kate avait d'abord été pétrifiée. En effet, la Maison Kolovsky était peuplée de créatures ravissantes, sophistiquées et vêtues avec une élégance époustouflante. Et, évidemment, les femmes qui travaillaient là ressemblaient toutes à des mannequins…

A vrai dire, Kate était quasiment certaine que, si Levander l'avait gardée, c'était certes parce qu'elle était très bonne dans son travail, mais aussi parce que justement, elle était intérimaire. Car l'assistante d'un Kolovsky se devait d'être ultraperformante tout en ayant l'allure d'un mannequin — ce qui n'était absolument pas son cas.

Non, quand elle était entrée dans le bureau de Levander et que son frère Alexeï avait levé les yeux sur elle, ce n'était pas l'allure somptueuse de cet homme qui avait fait bondir son cœur dans sa poitrine, tandis qu'une chaleur brûlante déferlait dans tout son corps…

Après avoir posé un instant son regard gris sur son ventre, il avait demandé d'une voix profonde et basse, dénuée de tout accent :

« Ne devriez-vous pas être en congé ?

— Pardon ? »

Sa repartie l'avait surprise elle-même, car en temps normal elle se serait contentée de lui adresser un sourire bref et poli. Travaillant depuis quatre mois dans la célèbre maison de couture Kolovsky, elle savait rester à sa place, se contentant de prononcer quelques mots polis. Mais cette fois, pour une raison inconnue, la vraie Kate s'était manifestée.

« On dirait que cela va arriver d'un instant à l'autre, avait-il ajouté.

— Qu'est-ce qui va arriver ? » avait-elle répliqué en plissant le front.

Durant un bref instant, les traits hautains et impassibles de son interlocuteur avaient été traversés par une lueur de doute : Alexeï Kolovsky devait penser qu'il venait de faire une gaffe monumentale — qu'en fait elle n'était pas enceinte !

« Kate, vous méritez une augmentation ! était alors intervenu Levander en riant. Je ne connais vraiment pas grand monde qui soit capable de déstabiliser mon frère. »

En se sentant rougir, Kate s'était éclipsée à la hâte pour préparer du café.

*
* *

— Dis-moi, elle est bien enceinte ? demanda Alexeï à son frère.

Visiblement, Levander savourait de voir l'embarras qu'il ressentait en ce moment…

— Oui. Malheureusement, répondit-il en soupirant.

— Pourquoi, malheureusement ?

— Je m'efforce d'oublier qu'elle risque d'accoucher à tout moment. A son arrivée, la maison était en proie à un chaos épouvantable, mais en quelques semaines Kate a tout réorganisé. Non seulement elle est formidable, mais je crains fort de la considérer comme indispensable.

— Elle reviendra…

— Hélas, non, fit Levander en secouant la tête. C'est une intérimaire, et elle voulait une mission de quelques semaines seulement. Elle est venue s'installer à Melbourne après avoir rompu avec son petit ami… Une fois qu'elle aura accouché, elle ne souhaite pas continuer à travailler à temps plein.

Les deux semaines suivantes, Alexeï vint chaque jour dans les locaux et s'arrêta chaque fois au bureau de Kate pour la saluer. En attendant que Levander revienne de son jogging matinal, il restait même parfois bavarder avec elle. Il lui demandait comment elle allait, puis lui parlait un peu de son travail, à Londres. Plus rarement, il lui posait des questions sur sa vie à elle.

Kate lui répondait avec franchise. Peut-être parce qu'elle savait qu'elle ne le reverrait bientôt plus, ou parce qu'elle se sentait affreusement seule.

Elle lui révéla ainsi qu'elle était terrifiée à la pensée de devenir une jeune mère célibataire, que ses parents ne vivaient pas dans la région, qu'elle redoutait l'hôpital…

*
* *

Le dernier matin avant son départ pour Londres, Alexeï devait assister à une réunion importante avec Levander, Josef, leur père, Ivan, et leur mère, Nina. Comme d'habitude, la perspective de passer trois heures en compagnie de ses parents lui donnait la nausée. En revanche, en sortant de l'ascenseur, il se rendit compte qu'il était impatient de revoir le sourire de Kate, et de déguster son délicieux café.

Mais au lieu de la jeune femme enceinte, il trouva une créature longiligne, au visage très maquillé.

— Bonjour, monsieur Kolovsky, dit celle-ci en souriant. Tout le monde vous attend. Désirez-vous que je vous apporte un café ?

— Où est Kate ?

— Kate… ? fit-elle, l'air perplexe. Oh ! Vous voulez parler de l'intérimaire… Elle a accouché la nuit dernière.

— Elle a eu un garçon ou une fille ?

La remplaçante haussa les épaules avec indifférence.

— Je ne sais pas. Mais, je vais appeler l'hôpital et demander quel est le sexe de l'enfant, si vous voulez.

La réunion lui parut interminable.

Après une pause-café au milieu de la matinée, ils déjeunèrent dans la salle de réunion. Ce n'était pas souvent que les trois fils Kolovsky et leurs parents étaient réunis. En effet, le jumeau d'Alexeï, Josef, était venu lui aussi, prenant un jour de congé à l'hôpital, où il travaillait comme médecin.

Ils avaient tous écouté Ivan leur parler de sa maladie, résumant le pronostic en quelques mots. Personne ne devait être au courant de son état de santé, avait-il conclu en martelant ses mots.

— Tout le monde peut tomber malade, avait fait remarquer Josef. Il n'y a pas de quoi avoir honte.

— Les Kolovsky ne doivent jamais montrer de faiblesse.

Josef avait pris congé, et Ivan était revenu aux chiffres et aux prévisions, avant d'annoncer le lancement d'une nouvelle collection. Alexeï devrait désormais être présent à tous les défilés européens, pendant qu'Ivan suivrait son traitement. Quant à Levander, il s'occuperait de l'Australasie.

En dépit de la gravité de la situation, la réunion avait été dépourvue de toute manifestation d'émotion.

— Ce qui s'est dit dans cette pièce doit absolument rester entre nous, fit sa mère en croisant le regard d'Alexeï, au moment où celui-ci se levait pour prendre congé.

Elle ne lui souhaitait pas « Bon voyage », évidemment, songea-t-il avec amertume. Et soudain il se revit gamin, dans sa chambre, tandis que ses parents se penchaient au-dessus de son lit, en lui interdisant d'exprimer sa souffrance. Il devait se taire, et ne pas pleurer.

Un Kolovsky n'avait pas droit à la faiblesse.

Quant à Levander, il lui dit au revoir comme s'il sortait faire une simple course d'une heure, alors qu'il partait à l'autre bout du monde.

Lorsque Alexeï traversa le hall luxueux quelques instants plus tard, il aperçut un panier gigantesque débordant de fleurs, contenant aussi une bouteille de champagne et une couverture de bébé rose dragée.

Kate devait avoir eu une fille.

Alexeï s'engagea dans les portes à tambour aux montants de cuivre étincelant, avant de déboucher sur le parvis. Au bas des marches, la voiture qui allait l'emmener à l'aéroport l'attendait.

Sans s'attarder sur ses motivations — il n'était pas du genre à s'adonner à l'introspection —, il fit soudain demi-tour, retraversa le hall. Après avoir coupé la parole à l'hôtesse d'accueil stupéfaite, qui protestait en disant que le coursier allait arriver d'une minute à l'autre, il se saisit du panier.

Une fois installé à l'arrière de la limousine, il déchiffra l'adresse indiquée sur la carte et la transmit au chauffeur.

— Si vous le désirez, monsieur, je peux aller le déposer pour vous, dit celui-ci en se garant devant l'entrée du centre hospitalier.

Alexeï aurait été incapable de dire ce qu'il désirait. Son père était mourant, et cette nouvelle le laissait totalement froid. Il ne ressentait rien.

Sans comprendre pourquoi il agissait ainsi, il sortit de la limousine et s'avança vers l'accueil, où on lui indiqua où se trouvait la chambre de Kate. Ensuite, un peu nerveux, il se dirigea vers les ascenseurs : quelle serait la réaction de la jeune femme, quand elle le verrait arriver dans sa chambre ? Peu importait : il voulait lui dire au revoir.

Douze heures de travail, suivies d'une césarienne effectuée en urgence… Pour Kate, ces dernières vingt-quatre heures avaient représenté un véritable enfer.

A présent, sa jolie petite fille reposait dans le berceau installé à côté de son lit, mais Kate se sentait terriblement seule.

Ses parents étaient en route et viendraient la voir dans la soirée, mais après une brève conversation téléphonique avec Craig, elle avait perdu tout espoir de voir apparaître le père de sa fille.

A vrai dire, la souffrance due à l'accouchement et à l'intervention chirurgicale n'était rien comparée à la honte et à la solitude qu'elle ressentait à l'heure des visites.

A l'inverse des trois autres mères occupant la chambre commune, Kate n'avait reçu ni visite, ni fleurs, ni cartes de félicitations. Et les regards de compassion, voire de pitié, mêlées de curiosité, que les femmes et leurs maris lui adressaient étaient insoutenables.

Pourtant, elle avait demandé à l'infirmière de bien vouloir tirer le rideau pour l'isoler un peu. Hélas, ayant mal compris sa requête, celle-ci l'avait au contraire ouvert en grand…

Dès qu'il poussa la porte, Alexeï comprit la situation.

— Je suis tellement désolé, ma chérie ! s'exclama-t-il en s'avançant rapidement vers le lit de Kate.

Puis il déposa le panier de fleurs à côté du lit et se pencha vers Kate, qui avait l'air épuisé. Mais lorsqu'elle lui adressa un sourire timide, il fut profondément heureux d'être venu.

— Peux-tu me pardonner de n'avoir pas été là ? dit-il, assez fort pour que tout le monde entende.

— Arrêtez ! murmura Kate en se retenant de rire. Ils vous prennent pour le père…

Il s'assit sur le lit.

— Pourquoi ne pas faire comme si ? dit-il à mi-voix. Cela a-t-il été douloureux ?

— Un enfer.

— Pourquoi ces perfusions ?

— J'ai eu une césarienne.

Il fronça les sourcils.

— Quand sortez-vous ?

— Dans quelques jours.

Kate frémit à cette pensée. Elle ne pouvait même pas soulever son bébé ; et la perspective de devoir tout assumer seule lui semblait impossible.

— C'est beaucoup trop tôt ! protesta Alexeï. Ma cousine a subi une césarienne elle aussi, et elle est restée au moins une semaine à la clinique.

Lorsqu'il baissa les yeux sur le berceau, prêt à faire

une remarque polie, il sourit spontanément : il avait sous les yeux le plus joli bébé du monde. La fille de Kate semblait le regarder avec sérieux, de ses grands yeux bleu foncé. Par ailleurs, elle avait hérité des lèvres pleines et roses de sa mère.

— Elle est superbe, dit-il, tout à fait sincère.

— Merci…

Puis elle le regarda droit dans les yeux.

— Alexeï, qu'est-ce que vous venez faire ici ?

— L'hôpital se trouvait sur le chemin de l'aéroport.

Elle ne sembla pas vraiment convaincue par sa réponse.

— Bon d'accord… Disons qu'après cinq heures passées avec mes parents, reprit-il, j'avais peut-être besoin de me changer les idées…

Alexeï reporta son attention sur le bébé.

— Elle est réveillée.

— Vous voulez la prendre dans vos bras ?

— Surtout pas ! protesta-t-il vivement.

Puis il changea d'avis, parce qu'il avait vraiment besoin d'autre chose.

— Cela ne va pas la perturber ? demanda-t-il.

— Je ne crois pas. Mais nous allons bien voir…

— Je pensais que les nouveau-nés pleuraient tout le temps.

Non seulement Alexeï n'y connaissait rien en matière de bébés, mais il n'avait aucune intention de découvrir quoi que ce soit dans ce domaine. Et pourtant, poussé par une étrange curiosité, il se leva, puis se pencha au-dessus du berceau.

Quand ses grandes mains, à la fois puissantes et fines, soulevèrent sa fille minuscule, Kate n'eut pas le temps de rappeler à Alexeï qu'il fallait lui soutenir la tête : il l'avait déjà fait.

Profondément touchée par la tendresse avec laquelle il tenait sa fille contre lui, elle souhaita soudain qu'il soit le père de son enfant, pendant quelques secondes de pure folie.

— Mon père est gravement malade, annonça alors Alexeï.

La jeune femme pouvait divulguer l'information, mais il s'en moquait éperdument. La seule chose qui comptait à cet instant, c'était cette vie nouvelle qui palpitait entre ses mains, tandis qu'un parfum inconnu et doux lui montait aux narines.

— Je suis désolée…

— Personne ne doit le savoir, répliqua-t-il, sans quitter le visage du bébé des yeux. Comment s'appelle-t-elle ?

— Georgina.

— Bonjour, Georgina, murmura Alexeï en souriant. Je me demande si j'étais aussi mignon qu'elle. Imaginez-en deux comme moi…

Kate roula des yeux en riant : deux superbes petits Kolovsky identiques dans un berceau — le service de la maternité avait dû cesser toute activité !

Il reposa délicatement Georgina dans son berceau puis se tourna vers Kate d'un air pensif.

— Vous allez être une mère merveilleuse.

Etait-ce à cause du bouleversement hormonal, de la fatigue ou des craintes qui l'assaillaient ? En tout cas, les larmes montèrent aux yeux de Kate.

— Je voudrais que tout soit merveilleux pour elle, mais comment vais-je y arriver ?

— Vous y arriverez, affirma-t-il. Mes parents avaient tout, et malgré cela, ils ont réussi à gâcher l'existence de leurs enfants. Vous, à l'inverse…

Alexeï contempla les beaux yeux bruns, emplis de larmes, de la jeune femme.

— Vous allez faire des merveilles, j'en suis certain.

Puis il se leva rapidement.

— A présent, je dois m'en aller.

— Merci, dit Kate en ravalant ses larmes.

Mais quand il se pencha au-dessus d'elle, son souffle se bloqua dans sa poitrine. Ses bras se refermèrent autour d'elle, tandis que son visage sublime s'approchait du sien. Elle sentit son parfum : celui de l'eau de toilette Kolovsky, mêlé à un effluve viril et unique. Envahie par un trouble incontrôlable, Kate rougit.

— Ne laissons aucun doute à l'assemblée, murmura-t-il.

Puis il l'embrassa, avec une tendresse inouïe. Ses lèvres avaient un goût délicieux, et quand il explora doucement sa bouche, les caresses de sa langue firent naître en elle un tourbillon de sensations fabuleuses.

— Cette fois, il faut vraiment que je m'en aille, dit-il en s'écartant lentement d'elle.

Il aurait pu être acteur, songea Kate. En effet, elle avait perçu de vrais regrets dans sa voix, et elle en vit aussi dans ses yeux, lorsqu'il se retourna une dernière fois avant de quitter la chambre.

Durant un long moment, elle resta immobile, la tête appuyée aux oreillers, les yeux fermés.

Alors qu'elle se délectait encore des souvenirs de ce baiser fantastique, elle se retrouva brutalement sortie de sa torpeur : une infirmière débloquait les freins de son lit, tandis qu'une autre faisait rouler devant elle le berceau de Georgina.

— Vous changez de chambre, toutes les deux, déclara la première infirmière.

— Où m'emmenez-vous ?

Allait-elle devoir affronter trois autres mères, ou, encore pire, se retrouver dans une chambre de huit lits ?

— Vous allez être bien mieux ! répondit la femme avec un clin d'œil.

Eberluée, Kate vit les murs jaune clair du couloir défiler, tandis que son lit glissait sur le sol nu avec un bruit métallique. Puis tout cliquetis cessa : un tapis recouvrait maintenant le sol, tandis qu'ils pénétraient dans l'aile privée de l'hôpital.

Alexeï Kolovsky avait payé les frais de son séjour pour une semaine en chambre particulière, lui apprit bientôt une jeune aide-soignante souriante.

Ce fut un bonheur total d'être allongée dans le lit spacieux, avant de consulter un menu alléchant. De son côté, Georgina avait été conduite à la nursery par une autre jeune aide-soignante souriante, qui avait dit à Kate que le bébé lui serait ramené à l'heure de la tétée.

Oui, c'était un vrai bonheur, songea Kate un peu plus tard. Après la naissance de sa fille et le divin baiser d'Alexeï, qu'on s'occupe ainsi d'elle était la troisième chose merveilleuse qui lui arrivait de sa vie.

1.

Finalement, la rééducation n'était pas aussi douloureuse qu'on le lui avait annoncé. En effet, après avoir eu une jambe brisée et broyée dans l'accident, Alexeï avait pensé que ces six mois seraient abominables.

Mais ensuite, il pourrait peut-être remarcher.

Quatre mois après l'accident de voiture qui avait failli lui coûter la vie, il s'avança dans l'eau étincelante de la mer des Caraïbes, sans l'aide de quiconque. Le médecin avait proposé deux séances de quinze minutes par jour ; à 11 h 30, Alexeï attaquait sa troisième séance d'une heure.

Quoi qu'on lui conseillât, il en faisait plus. Après tout, il s'était comporté ainsi autrefois, en des circonstances bien plus dramatiques que celles-là. Il était alors un enfant, seul, sans médecins ni kinésithérapeutes, sans bénéficier de ce paysage époustouflant, ni de la mer qui apaisait ses muscles douloureux.

A l'époque, il avait reconstruit son corps brisé tout seul, restant d'abord confiné dans sa chambre, jusqu'à ce que les marques se soient estompées. Puis, en dissimulant sa souffrance, il était retourné à l'école.

Personne, pas même Josef, son jumeau, n'avait soupçonné le dur combat auquel il se livrait.

Il sourit avec dérision en pensant à l'émission télévisée qu'il avait regardée, la veille au soir. Enfin, il ne l'avait pas vraiment regardée, son attention étant plutôt concentrée sur les lèvres expertes qui s'occupaient de son sexe bandé.

Avant, il éteignait la télévision dans ces moments-là, mais plus maintenant.

L'émission était consacrée aux liens de télépathie existant entre les vrais jumeaux. Mais depuis son accident, les bavardages l'ennuyaient, la conversation l'irritait. Et les lèvres expertes de la jeune infirmière agenouillée sur lui ne l'avaient pas apaisé. Les réactions de son sexe avaient été purement mécaniques. Cependant, soucieux d'entretenir sa réputation, et même s'il savait qu'il n'obtiendrait pas l'assouvissement avec cette femme, il avait changé de position.

La jeune femme avait crié quand Alexeï avait fait ce qu'il fallait avec sa bouche, et ensuite il avait feint d'être ennuyé par l'interruption due à la sonnerie de son mobile…

Il réprima un soupir désabusé. Allait-il se voir privé, en plus, de cette échappatoire momentanée que représentait le sexe ?

Le soleil lui caressait les épaules, et avec son corps mince et musclé, sa peau bronzée, il devait offrir l'image même de la forme et de la santé. Mais ses cicatrices lui faisaient mal, tandis qu'il se contraignait maintenant à courir dans l'eau.

A présent, c'était vraiment douloureux. Terriblement douloureux, mais il se força à continuer. Là-bas, en Australie, son frère ressentait-il la même chose ? Josef, qui travaillait aux urgences de l'hôpital, avait-il été envahi par la douleur en même temps que lui ? Il en doutait fortement.

Non qu'il ressentît de l'animosité envers son frère ; il l'admirait même d'avoir rompu avec l'entreprise familiale pour suivre sa propre voie. Ils se voyaient encore, régulièrement. Au fond, Alexeï l'aimait beaucoup. Mais il n'y avait aucun lien de télépathie entre eux, aucun sixième sens…

Ce soi-disant lien ne s'était pas manifesté quand son père l'avait battu à mort, alors qu'il n'avait que sept ans. Ni lorsque, une semaine plus tard, son frère avait été autorisé à le voir.

— Alors, tu es tombé… Papa va t'acheter une nouvelle bicyclette, avait dit Josef en s'asseyant sur son lit.

Son mouvement avait provoqué une douleur atroce dans le corps meurtri d'Alexeï, si bien qu'il avait senti un cri lui monter aux lèvres. Mais au même instant, il avait vu une lueur d'avertissement traverser le regard de sa mère.

— Je suis content, avait-il dit, au lieu de crier.

Non, il n'existait aucun lien spécial entre Josef et lui, songea Alexeï en regardant le ciel bleu immaculé.

Il se mit à courir plus vite. *Riminic*, *Riminic*, *Riminic*. Même les mouettes semblaient se moquer de lui.

Riminic, ce frère dont il avait nié l'existence. Qu'il avait choisi d'oublier.

Soudain, sa jambe refusa la torture qu'il lui imposait. Alors, Alexeï décida qu'il pouvait s'autoriser à se reposer.

Quand il regagna son luxueux bungalow, l'infirmière lui présenta ses médicaments, mais il refusa de les prendre. Il préféra se contenter du cocktail de vitamines et du jus de fruits frais préparé pour lui, puis se dirigea vers sa chambre.

— Voulez-vous que je vous accompagne ? demanda la jeune infirmière en souriant d'un air complice. Pour veiller sur votre repos ?

Ne pouvait-elle le laisser en paix ? songea Alexeï avec irritation, tout en secouant la tête avec un sourire forcé.

Il s'étendit sur les draps de soie, exposant son corps au souffle bienfaisant du ventilateur. Sa peau était chaude et pourtant, il avait l'impression que son sang était glacé.

La souffrance ne l'effrayait pas. Ce qui le terrifiait, c'était le dommage qu'avait subi son esprit. Il avait réussi tous les tests, avait convaincu les médecins qu'il allait bien — il parvenait même parfois à s'en convaincre lui-même ; mais sa mémoire restait floue. Des bribes de conversation le hantaient, dont il ne comprenait pas le sens, des images lui échappaient, des informations restaient inaccessibles.

Lorsque son téléphone sonna sur la table de chevet, Alexeï se tourna pour l'éteindre, mais en voyant le numéro sur l'écran, il retint son geste.

Kate… C'était entre autres à cause d'elle qu'il passait sa convalescence aux Antilles. Parce qu'il avait pris conscience qu'il s'était trop habitué à la voir à son chevet, qu'il attendait ses visites avec trop d'impatience, commençant à trop se reposer sur elle.

Or, il avait décidé depuis longtemps de ne compter sur personne.

— Qu'y a-t-il ? répondit-il d'une voix un peu trop brusque.

— Vous m'aviez dit de vous prévenir si…

Elle s'interrompit, visiblement très nerveuse. Ce qu'Alexeï comprenait : si Nina apprenait qu'elle l'appelait régulièrement, elle serait hors d'elle !

Cependant, il avait demandé lui-même à Kate de le tenir au courant. Il s'imagina son ravissant et doux visage : elle avait rougi, il en était certain. Kate rougissait beaucoup, et souvent.

— Souvenez-vous, reprit-il. Peu importe ce que dit ma mère, vous êtes *mon* assistante.

Cela faisait maintenant plus d'un an qu'il l'avait embauchée, après qu'il eut licencié une assistante ayant confondu, comme toutes celles qui l'avaient précédée, sexe et sentiments. Sachant qu'il ne prendrait jamais aucun risque avec Kate, il l'avait contactée. En effet, non seulement elle était la mère d'une petite fille de presque cinq ans, mais en plus elle n'était pas du tout son type de femme.

Ainsi, pas de risque de fantasmer sur elle, avait-il alors pensé.

— Votre frère, Levander…, reprit-elle. Vous savez que lui et Millie cherchaient à adopter un enfant…

— Oui. Et alors ?

— Ils sont partis en Russie pour faire sa connaissance…

Alexeï ferma les yeux. Après avoir dirigé la Maison Kolovsky, basée en Australie, Levander avait profité de la mort de leur père, survenue deux ans plus tôt, pour quitter ses fonctions. A présent, il travaillait à Londres, à la place d'Alexeï, tandis que ce dernier avait repris la direction générale de la société.

— J'ai entendu parler Nina…, poursuivit Kate. Elle veut tout diriger…

— Levander ne la laissera jamais…

Mais il s'interrompit : Levander la laisserait faire. Depuis qu'il avait rencontré Millie, depuis qu'ils avaient eu un fils, Sashar, ses priorités avaient changé. Sans compter que l'argent n'avait jamais fasciné Levander et que, élevé dans un orphelinat en Russie, il ne se sentait pas redevable envers leur famille. Nina n'étant pas sa mère, leur père étant mort, il ferait passer sa femme et ses enfants avant tout.

— Nina a demandé à Levander de ne pas vous prévenir, expliqua Kate. Sous prétexte que personne ne devait vous déranger, que vous aviez besoin de temps pour vous rétablir.

— Le conseil d'administration ne le permettra pas.

— Nina a de nouveaux projets, qui rapporteront beaucoup d'argent, insista Kate. Elle réussira à les convaincre.

Elle avait cessé de bredouiller, remarqua Alexeï. En dépit de son occasionnelle timidité, Kate était intelligente et s'exprimait clairement. Au travail, son seul intérêt était… le travail, qu'elle accomplissait avec beaucoup de talent.

— Quels projets ? s'enquit-il.

— Des projets qu'elle sait présenter sous un jour très attrayant. J'ai assisté à une réunion, la semaine dernière. Nina a présenté une proposition émanant de Zakahr Belenki…

En dépit de la chaleur qui régnait dans la pièce, Alexeï sentit un frisson le parcourir.

— Il s'agit d'un projet qui profitera à la fois à la Maison Kolovsky et à la fondation caritative de Belenki, poursuivit Kate. Des robes de mariées dont la commercialisation s'intégrerait dans Krasavitsa, avec une marge de profit qui…

Alexeï n'entendit pas les derniers mots prononcés par Kate. Krasavitsa était *son* enfant, *son* idée, *son* domaine. Mais ce n'était pas seulement le fait que Nina envisage d'empiéter sur son territoire qui faisait cogner son cœur dans la poitrine.

Pourquoi réagissait-il ainsi, au seul nom de Belenki ?

De frustration, il serra les poings : même s'il avait passé les tests avec succès, même s'il l'avait nié devant ses médecins et sa famille, son cerveau était bel et bien endommagé. Trop de pensées, d'images, de souvenirs lui restaient inaccessibles. Il se souvenait d'un bal de charité, donné juste avant son accident. Belenki était venu d'Europe pour y participer en tant qu'invité d'honneur, et il avait pris la parole. Il se le rappelait parfaitement.

Et il se rappelait la crainte qu'il avait ressentie alors. Il se souvenait aussi des reproches que lui avait adressés Josef, à cause de la façon dont il s'était comporté, interrompant brutalement le discours de Zakahr Belenki. A ce moment-là, celui-ci racontait qu'après ses dures années d'orphelinat, il avait vécu dans la rue, relatant ensuite ce qu'il avait dû faire pour survivre.

Plutôt que l'écouter, Alexeï avait préféré commander une nouvelle bouteille de champagne. Levander, lui, n'avait jamais vraiment parlé de l'enfer de l'orphelinat… .

— Belenki est en Australie ? demanda-t-il.

— Non, répondit Kate. Mais il communique chaque jour avec Nina. Ils ont sans cesse de nouvelles idées.

Pourquoi cela faisait-il naître une telle angoisse en lui ? se demanda Alexeï. Il essaya de faire remonter les souvenirs liés à cet homme, mais tout restait confus.

— Nina est incapable de diriger la Maison Kolovsky, dit-il. Elle va la faire couler.

— Qui d'autre pourrait s'en occuper ?

— Moi. Je serai de retour au bureau lundi.

— Alexeï ! s'écria Kate, exaspérée. Je ne vous ai pas appelé pour vous demander de revenir. Ecoutez…

Lorsqu'elle baissa la voix, il l'imagina la tête penchée en avant, tandis qu'elle jouait avec une boucle de cheveux. En dépit de la gravité de la situation, il sourit. Le son de sa voix l'apaisait et… l'émouvait. Stupéfait, Alexeï sentit son sexe se durcir.

— Je peux vous appeler tous les jours… Vous m'entendez, Alexeï ?

— Oui, continuez.

— Je peux vous appeler plus souvent… vous dire des choses… et alors vous me donnerez vos instructions.

Il ferma les yeux. Oui, à cet instant, il était tout disposé à lui donner des instructions très précises sur ce qu'elle devait faire…

— Kate…, commença-t-il d'une voix rauque.

Il eut envie de lui dire de sauter dans un avion sur-le-champ. Mais au lieu de cela, il se força à se redresser, en ignorant le feu qui lui ravageait le creux de l'aine.

— Je serai de retour lundi. N'en parlez à personne,

ne changez rien à votre comportement. Approuvez tout ce que dira Nina.

— Très bien, dit-elle d'un ton résigné. Voulez-vous que…

— Je m'occuperai de tout d'ici, la coupa-t-il. Kate… ?

— Oui ?

— Rien.

Après avoir mis fin à la conversation, Alexeï essaya de se concentrer sur la situation. Puis il alluma son ordinateur portable et parcourut les chiffres. Mais il le savait déjà : la Maison Kolovsky courait au désastre, et il était le seul à pouvoir arrêter ce processus.

Pourquoi ? Il ne pouvait se le rappeler. Et pour la première fois depuis une éternité, il n'essaya pas de forcer sa mémoire. Les chiffrent se brouillèrent devant ses yeux, aussi ferma-t-il le fichier avant d'en ouvrir un autre : celui contenant des photographies de sa famille et du personnel.

Il vit Ivan, son père défunt. Nina, sa mère. Levander, son demi-frère, que ses parents avaient laissé dans un orphelinat en Russie quand ils étaient partis s'installer en Australie. Ensuite apparut le visage de Josef, son frère jumeau, puis celui de sa sœur Annika.

Alexeï vit son propre visage arrogant et hautain, avant de s'autoriser, pour la première fois depuis des semaines, à regarder une certaine photo… Celle de Kate Taylor. Son sourire, ses cheveux noirs bouclés, son air nerveux à cause de la présence du photographe, même s'il s'agissait d'une simple photographie destinée au fichier de l'entreprise.

Il devait être en train de perdre la tête. Kate n'était vraiment pas son genre, se dit-il en essayant de calmer son excitation. Il tenta en vain de freiner son imagination, mais à la pensée de son corps aux formes épanouies chevauchant le sien, son sexe devint de plus en plus dur…

Juste une fois — une toute dernière fois —, décida-t-il en refermant la main sur son sexe brûlant, il s'autoriserait à penser à Kate et à s'imaginer avec elle.

Une fois de plus.

2.

— Tu es jolie ! dit Georgina tandis que Kate lui coupait le dessus de son œuf à la coque.

— Merci, répondit-elle avec un demi-sourire.

— Très jolie, même, reprit sa fille en fronçant les sourcils. Dis donc, tu as mis beaucoup de rouge à lèvres.

— Tu trouves ? répliqua vaguement Kate.

— Et ça, c'est nouveau ? fit Georgina en fixant son tailleur.

— Pas du tout, je l'ai depuis une éternité ! mentit Kate.

Puis elle ajouta deux sucrettes à sa tasse de thé en regrettant d'avoir arrêté son régime. En effet, elle s'était rassurée en se disant qu'il restait encore deux mois avant le retour d'Alexeï. Or, à cause de cette maudite Nina, il…

— Alexeï revient aujourd'hui ? demanda sa fille à brûle-pourpoint en la regardant de ses grands yeux intelligents.

— Je ne sais pas trop…

Médusée, Kate contempla avec stupéfaction la petite sorcière à qui elle avait donné le jour. Dès qu'il s'agissait d'Alexeï, elle devenait encore plus perspicace que d'habitude. Elle aimait beaucoup le patron de sa mère. Ou, plus exactement, elle l'*adorait*.

Après ce jour où il était venu la voir à l'hôpital, Kate avait pensé ne jamais le revoir. Elle avait même presque réussi à l'enfouir au plus profond de sa mémoire, là où il aurait dû rester. Sauf que, régulièrement, il s'était manifesté par le biais de cartes postales, envoyées depuis les endroits les plus éloignés de la planète, et rédigées d'une écriture presque illisible.

Il y avait aussi les jouets étranges, sans aucun rapport avec l'âge de Georgina, qu'il envoyait de temps en temps à celle-ci. Par exemple, une série de poupées russes, alors qu'elle avait dix-huit mois, accompagnée d'une boîte à bijoux dont le couvercle était surmonté d'une ballerine.

Ces présents n'avaient pas été fréquents, mais complétant en quelque sorte les manifestations, elles aussi épisodiques, de son père, ils avaient enchanté la petite fille.

Durant ces années, Kate s'était débrouillée en travaillant à temps partiel, suivant de loin la saga des Kolovsky, dans les magazines. Lorsqu'elle y avait appris le retour d'Alexeï, après la mort d'Ivan et le renoncement de Levander à la direction générale de la Maison Kolovsky, elle s'était trouvée en proie à une excitation incontrôlable. Jusqu'à ce que, assez longtemps après son retour, il l'appelle pour lui proposer un poste qu'elle n'avait pu refuser.

En dépit de négociations préalables stipulant qu'elle ne travaillerait *que* durant les heures de classe, elle s'était vue de temps en temps obligée d'aller au bureau à l'aube, le dimanche matin. Aussi, tandis qu'elle travaillait à résoudre la dernière crise survenue chez Kolovsky, Georgina avait-elle été là, assise à côté d'elle, son petit déjeuner sur les genoux. Et c'est ainsi qu'elle avait fait la connaissance du patron de sa mère.

— J'aime beaucoup Alexeï !

— Evidemment. Avec toi, il est toujours gentil.

En effet, il se montrait toujours adorable avec Georgina. Même quand il était d'une humeur épouvantable …

— Est-ce qu'Alexeï a une petite amie ? demanda soudain Georgina.

Ramenée au présent par sa fille, Kate hésita quelques instants. Alexeï avait l'art d'accumuler les maîtresses sans jamais s'impliquer, mais Georgina était trop jeune pour qu'elle lui réponde aussi franchement. Néanmoins, elle ne voulait pas que sa fille se fasse des idées.

— Les femmes aiment beaucoup Alexeï, commença-t-elle, avant de changer abruptement de sujet. Bon, maintenant, mange, il va être l'heure de partir.

— Je ne veux pas aller à l'école.

— Une fois là-bas, tu seras contente, affirma Kate.

Mais lorsqu'elle vit les yeux brillants de sa fille, elle eut du mal à lui sourire.

— Les autres ne m'aiment pas, maman.

— Tu veux que j'aille de nouveau parler à Mlle Nugent ?

Kate était allée voir l'institutrice à de nombreuses reprises. Georgina était douée, et terriblement intelligente. A même pas cinq ans, elle savait lire, écrire, mais elle était aussi espiègle, voire parfois insolente.

— Si tu vas lui parler, ce sera encore pire, fit Georgina d'une toute petite voix qui déchira le cœur de Kate. Pourquoi les autres ne m'aiment-elles pas ?

La réponse n'était pas évidente. Après une année difficile à la garderie, l'école ne s'avérait pas satisfaisante. Bien que sa fille meure d'envie de se joindre aux autres enfants à l'heure de la récréation, ceux-ci la tenaient à l'écart, parce que en classe elle ne s'intégrait pas.

Georgina savait lire et écrire ; elle savait déchiffrer l'heure. Comme elle s'ennuyait, elle ennuyait les autres, ainsi que l'institutrice, avec ses questions incessantes.

Une fois dans la voiture, Kate dut faire des efforts surhumains pour garder le sourire.

Dans la cour de l'école, le moment de la séparation fut encore plus difficile.

— Viens, Georgina! dit fermement Mlle Nugent tandis que la petite fille restait en arrière des autres.

Mais au moins, ce matin-là, elle ne pleura pas.

— Dis au revoir à ta maman, elle doit aller travailler.

— Au revoir, maman, fit docilement Georgina, la voix tremblante.

Le cœur affreusement serré, Kate remonta en voiture et se dirigea vers le bureau, en repensant à la proposition d'Alexeï. Si elle acceptait de travailler à plein temps, avait-il promis, il assumerait tous les frais de scolarité de Georgina. Sur ses conseils, Kate était même allée visiter un établissement merveilleux. Là, les enfants en avance suivaient un programme spécial, et les enseignants connaissaient bien les problèmes que rencontraient ces enfants surdoués.

Bloquée dans un embouteillage, Kate secoua la tête et alluma la radio. Georgina avait plus besoin de sa mère qu'Alexeï d'une assistante à temps plein.

D'autre part, elle préférait ne rien devoir à Alexeï.

— Je suis heureux de vous revoir, monsieur, dit le portier depuis le haut des marches.

En temps normal, Alexeï lui aurait au moins adressé un signe de tête, mais ce matin-là il était trop préoccupé.

En effet, quand son chauffeur lui avait ouvert la portière, il s'était soudain souvenu des escaliers qui menaient aux étincelantes portes à tambour de l'impressionnant immeuble abritant la Maison Kolovsky.

Jusqu'à présent, il ne s'était pas encore attaqué à des escaliers…

Il lui avait fallu une heure pour nouer sa cravate correctement, mais, à le voir, personne ne l'aurait soupçonné, se dit-il en s'avançant vers les marches, bien déterminé à surmonter cette nouvelle épreuve. Puis il négocia chacune d'entre elles, tandis que la fluidité de ses mouvements lui coûtait un suprême effort et une concentration inouïe.

***

— Alexeï ? A ton avis, qu'est-ce qu'il vient faire ici ?

Kate entendit ces mots, mais feignit de ne rien remarquer. Au contraire, elle s'installa devant son ordinateur en se félicitant d'avoir mis une couche de fond de teint supplémentaire ce matin-là. Elle n'avait plus qu'à espérer que cela la protège du regard acéré de Nina…

Alexeï disposait bien sûr d'un bureau fermé, mais autour se trouvait un *open space* où travaillait Kate, ainsi que Lavinia, sa propre assistante.

— Etiez-vous au courant ? demanda Nina en venant soudain s'arrêter devant son bureau.

— De quoi parlez-vous ? répliqua Kate en plissant le front.

— Alexeï est dans l'ascenseur ! fit Nina en pinçant les lèvres. Si jamais j'apprends que vous êtes pour quelque chose dans son retour, vous pouvez dire adieu à votre poste.

— J'ignore totalement de quoi vous parlez, dit Kate en essayant de dissimuler son inquiétude. Alexeï n'était pas supposé revenir avant plusieurs mois.

Mais visiblement, sa simple présence dans les locaux semblait susciter une véritable panique dans tous les services. Les comptables, qui s'étaient reposés sur leurs lauriers, inondèrent soudain Kate de courriels, dans lesquels ils lui demandaient des rapports, des chiffres, des rendez-vous…

Sous son calme apparent, Kate était très tendue. Le cœur battant à tout rompre sous son chemisier neuf, elle répondit au responsable des achats en réprimant à grand mal le tremblement qui agitait ses mains.

Car au fond d'elle-même, elle se réjouissait en secret : dans quelques secondes, elle allait enfin le revoir.

Elle sentit sa présence avant même qu'il n'apparaisse.

— Que faites-vous là, Alexeï ? demanda-t-elle.

En fait, elle n'avait pas eu à simuler la surprise ; il la troublait suffisamment. Mais, alors qu'elle s'était attendue à voir un convalescent affaibli, au teint pâle, elle découvrit un homme superbe à la peau brunie par le soleil des Antilles, et respirant la bonne santé.

— Je suis heureuse de vous revoir, Alexeï, roucoula soudain Lavinia. Vous nous avez manqué.

Après s'être contenté de leur adresser un léger salut de tête, il entra dans son bureau en demandant par-dessus son épaule qu'on lui apporte du café. Lavinia se leva aussitôt.

— Kate, précisa-t-il sans se retourner, avant de fermer la porte.

— Ma pauvre ! fit Lavinia de sa voix perchée. Si Nina apprend que tu as joué un rôle dans son retour, elle va…

— Je n'y suis pour rien, l'interrompit Kate. De toute façon, c'est Alexeï le patron, pas Nina.

— Pour l'instant. Tu ne vois pas que les choses changent ? Les jours d'Alexeï sont comptés.

C'était bien pour cela que Kate l'avait alerté.

Quand le plus jeune fils Kolovsky avait percuté un arbre, alors qu'il conduisait un bolide à toute allure, tous les Australiens avaient retenu leur souffle tandis qu'Alexeï restait dans le coma. Mais tout risque de lésion au cerveau, ou d'amputation, avait été rapidement écarté.

Au même moment, les responsables de la communication de la maison avaient eu fort à faire. En effet, la presse avait révélé que Levander avait été élevé dans un orphelinat russe, tandis que ses parents vivaient en Australie, dans le luxe.

Traversant ainsi la pire période de son existence, la Maison Kolovsky avait fait face, réussissant même à s'élever au-dessus du scandale. La photo de Nina, le visage tragique, quittant l'hôpital après être allée voir son fils Alexeï, n'avait suscité que compassion et pitié. Et les scandales familiaux avaient été contrebalancés par les récentes activités caritatives de Nina en Russie. En outre, il y avait eu le mariage de sa fille, suivi de l'annonce que

Levander allait adopter un orphelin russe. Et à présent, son association avec le magnat russe Zakahr Belenki achevait de renflouer le prestige de Nina. En effet, dans son pays, l'homme d'affaires finançait des programmes d'aide aux enfants vivant dans la rue.

L'opinion s'était donc retournée en faveur des Kolovsky.

— Informez la presse que la Maison Kolovsky est plus prospère que jamais, avait dit Nina au cours d'une récente réunion du conseil d'administration. Et que nous n'avons rien à nous reprocher.

— Et Alexeï ? avait demandé le responsable de la communication. Ne devrions-nous pas faire paraître un bulletin de santé, pour que les actionnaires sachent que son retour est imminent ?

Nina avait alors préféré qu'on garde le silence autour du bon rétablissement de son fils. Et, alors qu'elle assistait à la réunion, Kate avait été stupéfaite de l'entendre prononcer ces paroles :

— Sans Alexeï aux commandes, avait affirmé Nina, la Maison Kolovsky ne peut pas commettre d'erreur.

Deux heures plus tard, Kate avait appelé son patron…

— C'est avec Nina que tu dois être aux petits soins ! Pas avec Alexeï ! s'exclama Lavinia, la tirant ainsi de ses pensées.

Soudain, Kate en eut assez.

— Au fond, c'est toi que je plains, Lavinia, lui lança-t-elle sèchement. Personne n'ignore ce que tu entends par « être aux petits soins ». Alors, quand tu vas te retrouver seule avec Nina… !

— Vous tremblez, remarqua Alexeï quand Kate déposa la tasse de café sur son bureau.

— Ne croyez pas que ce soit à cause de vous ! répliqua

la jeune femme. Je viens d'échanger quelques mots avec Lavinia.

— Pas trop, j'espère. Ce serait du temps perdu.

— Oh ! Juste le minimum, ne craignez rien.

Pour une fois, il ne lui lança aucune réplique sarcastique. Monter les escaliers l'avait épuisé. Sa jambe le lançait, ses muscles étaient crispés, mais il n'en dit rien. Au contraire, il prit une gorgée du délicieux breuvage : enfin du vrai café !

Après le jus de chaussette de l'hôpital, on lui avait préparé une boisson insipide durant sa convalescence.

Il prit une nouvelle gorgée parfumée et s'appuya au dossier de sa chaise en souriant à Kate.

— Panique à bord ! fit-elle avec un petit rire. J'ai reçu un appel affolé de la réception m'annonçant votre arrivée et ensuite cela a été une pagaille incroyable ! J'ai même vu Nina courir, pour la première fois !

— Elle devait être pressée d'aller supprimer les fichiers compromettants. Elle n'a qu'un seul dieu : l'argent. Trois mois de plus et il ne serait rien resté de la Maison Kolovsky. Ou du moins rien dont on puisse être fier.

— La situation n'est pas si mauvaise…

En théorie, oui, tout allait bien. Mais depuis que Levander était parti et que Nina avait repris les rênes, les choses se dégradaient rapidement.

— Je n'aurais jamais dû vous alarmer ainsi, ajouta Kate.

— Au contraire, vous avez bien fait. « Toute femme mérite un peu de Kolovsky ! » fit-il avec dédain. Voilà la dernière trouvaille de ma mère. En plus de son projet de robes de mariée, elle envisage la création d'une ligne de linge de maison destinée à une chaîne de supermarchés !

— Une chaîne de luxe, tenta de corriger Kate.

— *Chush' sobach'*ya ! jura-t-il en reprenant sa tasse.

Kate posa des comprimés à côté de la soucoupe.

— Je n'en ai pas besoin, dit-il d'un ton sans appel.

— J'ai lu votre ordonnance. Vous devez les prendre toutes les quatre heures.

— Ce régime était valable aux Antilles. Ici, ce dont j'ai besoin, c'est de réfléchir.

— Vous ne pouvez pas arrêter de les prendre comme ça !

Déjà, à l'hôpital, il avait résisté à tout traitement, repoussant le plus possible le moment de prendre ses médicaments, refusant de prendre tout tranquillisant le soir. Il voulait rester vigilant, même pendant son sommeil.

Kate avait passé tant d'heures à son chevet, durant les premiers temps de son rétablissement... Prenant des notes, le tenant au courant de tout ce qui se passait, l'assurant qu'elle le tiendrait informé, qu'il pouvait se reposer. Elle l'avait vu somnoler parfois, comme s'il cédait avec regret, mais au moindre rayon lumineux errant sur le mur, ou au son d'une sirène retentissant au loin, il se réveillait.

Elle avait espéré que son repos forcé aux Antilles l'adoucirait un peu. Au lieu de cela, il était plus impatient, plus avide d'action que jamais. Mais, même s'il le niait, elle savait très bien qu'il souffrait terriblement.

— Faites venir ma mère.

— Je suis là, dit Nina en entrant au même instant, sans frapper.

Agée d'une bonne cinquantaine d'années, elle en faisait à peine quarante. De plus, depuis la mort d'Ivan, elle avait perdu du poids. Vêtue d'un tailleur bleu azur, chaussée de hauts talons, des diamants étincelant à ses oreilles et à ses doigts, elle s'avança en ignorant Kate, comme toujours. Lavinia la suivait.

— Je suis content de te voir de retour, Alexeï, dit-elle, sans aucune conviction.

— Vraiment ? répliqua celui-ci en haussant les sourcils. On ne dirait pas.

— Je suis inquiète, je te l'avoue. Comme le serait toute mère. Je crois que c'est beaucoup trop tôt pour…

— Je dirais plutôt qu'il est presque trop tard, l'interrompit Alexeï. J'ai vu tes propositions.

— J'avais pourtant bien spécifié qu'on ne t'ennuie pas avec ces détails ! fit-elle en foudroyant Kate du regard.

Mal à l'aise, cette dernière rougit.

— Laissez-nous ! lui ordonna Nina. Je vous verrai plus tard : je suppose que c'est vous la responsable de cette situation.

— C'est *toi*, la responsable, corrigea Alexeï. C'est ton appât du gain qui a abrégé ma convalescence.

Puis il se tourna vers Kate.

— Vous pouvez y aller.

A vrai dire, ce fut un soulagement de quitter le vaste bureau. Mais, à sa grande humiliation, avant de refermer la porte derrière elle, Kate entendit Nina dire à son fils :

— Tu conseilleras à ton assistante d'éviter de porter des jupes aussi moulantes !

Puis le rire cruel de Lavinia résonna douloureusement aux oreilles de Kate. Mortifiée, elle alla se réfugier dans les toilettes. Là, dans les miroirs recouvrant les murs, elle se vit sous tous les angles. Nina avait raison : son tailleur bien coupé ne pouvait dissimuler ses courbes. Partout ailleurs, celles-ci seraient passées inaperçues, mais là, dans la Maison Kolovsky, toutes les têtes se retournaient sur son passage, et pas en signe d'admiration.

Et pourtant, si les autres avaient su, songea Kate en se ressaisissant. Si tous ces gens dédaigneux avaient su que parfois… Kate se regarda dans le miroir et vit une lueur scintiller au fond de ses yeux, tandis qu'un petit sourire se dessinait sur ses lèvres. Que parfois, lorsque Georgina séjournait chez ses grands-parents, Alexeï venait la voir… Que, délaissant les paillettes et le glamour, il débarquait chez elle au beau milieu de la nuit, recherchant *sa* compagnie.

Ensuite, elle et lui n'en parlaient jamais. Alexeï était toujours parti au matin, et ils ne couchaient même pas ensemble. En fait, ils avaient échangé deux baisers en tout et pour tout : l'un à l'hôpital, à la naissance de Georgina, et le second le soir précédant l'accident d'Alexeï.

Certes, ce n'était pas grand-chose, mais pour Kate, ces deux souvenirs représentaient son trésor le plus cher.

— Il faut que tu ailles les rejoindre, dit Lavinia d'un air mécontent lorsque Kate revint à son bureau.

Visiblement, son assistante était vexée de s'être vu éloigner à son tour.

Lorsqu'elle entra de nouveau dans l'immense pièce, Kate perçut aussitôt la haine qui y vibrait, ainsi qu'une tension palpable. Si elle ne l'avait pas su, elle n'aurait jamais pu imaginer qu'il s'agissait d'une mère et de son fils ! Alexeï était au téléphone, conversant en arabe — il était, entre autres, très doué pour les langues. Quand il reposa le combiné, il ne perdit pas de temps et alla droit au but.

— Nina a accepté de repousser le prochain conseil d'administration de deux semaines, mais ensuite, elle proposera de reprendre la direction de l'entreprise. Deux mois plus tard, le conseil devra se prononcer par le vote.

Incapable de regarder Alexeï, Kate posa les yeux sur Nina. Pas un muscle de son visage botoxé n'avait bougé.

— Ma mère dit que mon comportement inquiète le conseil, et que mon état de santé la préoccupe, reprit-il lentement. Je veux que, dans ce vote, Kolovsky et Krasavitsa soient traitées comme deux entités séparées. De son côté, Nina exige un rapport détaillé sur les activités de Krasavitsa, ainsi que tous les chiffres…

Krasavitsa, mot russe signifiant « belle femme », était une ligne de vêtements et d'accessoires destinés à une clientèle de femmes plus jeunes. Sophistiqués, très chers, ces articles de luxe étaient très réputés, même s'ils n'étaient pas aussi haut de gamme que les purs Kolovsky.

Cela avait été son premier projet d'envergure, initié lorsqu'il avait succédé à Levander à la direction de la maison. Le lancement s'était bien passé ; Krasavitsa avait conquis Paris et, là-bas, toute jeune fille riche possédait au moins un article Krasavitsa dans sa garde-robe.

Et quand cette belle jeune fille se transformerait en jeune femme, puis en femme mûre, avait affirmé Alexeï à de nombreuses réunions du conseil d'administration, elle porterait du Kolovsky et ne pourrait plus s'en passer.

Krasavitsa était la création d'Alexeï, mais apparemment les collections Kolovsky ne suffisaient pas à Nina : il lui fallait *aussi* Krasavitsa.

— Nina a tous les chiffres, dit Kate.

— Je veux les vrais ! répliqua Nina.

— J'ai autre chose à faire que de les vérifier, intervint sèchement Alexeï. Je viens de m'entretenir avec le secrétaire privé du cheikh Amallah.

A cet instant, Nina se mordit brièvement la lèvre inférieure, montrant ainsi sa nervosité, remarqua Kate.

— Tu connais le prix de la robe Kolovsky que le cheikh veut pour sa fille, n'est-ce pas ?

Alexeï n'avait pas haussé le ton, mais il était livide.

— Cependant, tu ne t'es même pas souciée d'aller l'accueillir à l'aéroport, poursuivit-il.

— J'ai envoyé Lavinia ! se défendit Nina.

— Lavinia ! répéta Alexeï avec un rire bref. Tu ne comprends vraiment pas l'enjeu, n'est-ce pas ?

Il se tourna vers Kate.

— Organisez un dîner, dites-leur que Nina est ravie de les…

— Je n'irai pas dîner ce soir ! l'interrompit Nina, l'air indigné. Vas-y, toi. Tu parles si bien leur langue !

— Je ne crois pas que le cheikh acceptera que sa fille dîne seule avec moi ! Pour l'instant, poursuivit-il, c'est moi qui dirige cette maison, ne l'oublie pas. Et jusqu'à nouvel ordre, nous agirons comme *je* l'entends.

— En tout cas, je veux les chiffres avant lundi prochain, répliqua Nina en foudroyant son fils du regard. Je ne prendrai aucune décision avant de les avoir consultés.

— Tu peux lutter avec moi sur le terrain Kolovsky, dit Alexeï. Mais je ne te laisserai jamais Krasavitsa. Jamais !

— Sans le nom de mon mari, Krasavitsa ne serait rien…

Ce furent ces mots qui blessèrent le plus Alexeï, comprit Kate en voyant tressaillir sa mâchoire. Les coups de sa mère lui importaient peu, mais visiblement, qu'elle ait insinué que sans son père il n'aurait rien été lui était insupportable.

— Tu ne sais pas ce que tu fais, dit-il en regardant sa mère. Si on t'écoutait, le nom de Kolovsky ne vaudrait plus rien dans quelques années.

— Les temps sont durs, Alexeï, répliqua Nina en se levant pour partir. Nous devons faire ce qu'il faut pour survivre.

— La maison est-elle vraiment en danger ? ne put s'empêcher de demander Kate, après le départ de Nina.

— Elle le sera si Nina continue comme ça. Tout va bien, mais elle crée des peurs là où il n'y en a pas.

Il posa les coudes sur son bureau et pressa les doigts sur ses tempes.

— C'est Belenki qui a proposé ces robes de mariée bas de gamme et le linge de maison. C'est supposé être une série unique — juste pour un an —, et dix pour cent des profits iraient à sa fondation et aux orphelinats que soutient ma mère.

Brusquement, il releva la tête et la regarda.

— Qu'en pensez-vous, Kate ?

C'était la première fois qu'il lui demandait son avis sur une question aussi importante.

— A priori, cela semble une bonne idée, répondit-il à sa place. Mais je sais que ce sera le début de la fin pour nous. Belenki doit le savoir lui aussi ; si notre entreprise a survécu aussi longtemps, c'est grâce à son statut de maison de luxe.

Après s'être interrompu un instant, il ajouta d'un air sombre :

— Et puis je n'aime pas cet homme…

— Vous m'avez dit n'avoir pas confiance en lui, en effet.

— Quand ? demanda-t-il vivement en fronçant les sourcils.

— La veille de l'accident…, répondit Kate, le visage en feu. Quand vous êtes venu chez moi.

Ce souvenir dut lui déplaire car il déclara d'un ton brusque :

— Préparez les chiffres. Les vrais. Mais ne les transmettez pas à Nina avant que je ne les aie parcourus.

— Si vous les modifiez, elle s'en rendra compte.

— Elle en est incapable, répliqua Alexeï. Préparez-les-moi.

Puis, quand elle se dirigea vers la porte, il lui lança :

— Ou bien vous êtes pour, ou bien vous êtes contre.

— Pardon ? fit Kate en se retournant vers lui.

— Ou vous êtes de mon côté, ou vous partez, maintenant.

— Vous savez bien que je suis de votre côté, dit-elle en fronçant les sourcils.

— Parfait. Si j'apprends que vous cherchez à travailler ailleurs, non seulement je vous vire sur-le-champ, mais vous n'obtiendrez aucune recommandation de ma part.

— Ne me menacez pas, Alexeï ! J'ai des droits.

Si Kate avait rougi, ce n'était pas seulement de colère. En effet, la nuit dernière, incapable de dormir, elle avait décidé de retravailler son CV. Car Alexeï ne soupçonnait pas à quel point l'état de ses finances était désastreux…

— Défendez vos droits, fit-il en haussant les épaules. Mais sachez que je ne joue pas fair-play.

— Evidemment, répliqua Kate, très en colère. Au lieu de me demander simplement de rester, vous vous montrez agressif, comme d'habitude.

— Je trouve cela plus efficace, dit-il en se tournant vers elle. Vous ne songiez pas à vous en aller ?

— Pas vraiment, répondit-elle en déglutissant péniblement. Mais si Nina l'emportait vraiment…

Elle ferma un instant les yeux.

— Eh bien, j'ai une fille à élever.

— Alors, soutenez le gagnant. Vous restez ou vous partez ?

Décidément, il ne lui laissait aucun espace pour réfléchir.

— Je reste.

— Parfait. Mais si j'apprends…

— Alexeï, l'interrompit Kate. Je vous ai dit que je restais, alors je n'irai pas chercher ailleurs. Cette fois, vous allez devoir me faire confiance.

— Pourquoi devrais-je vous faire confiance ?

Parfois, elle le détestait vraiment…

De retour à son bureau, Kate le détestait même tellement qu'elle fut tentée de surfer sur internet pour trouver un autre emploi ! Pour lui confirmer que son éternelle suspicion envers les autres était fondée.

Et pourtant, il n'avait vraiment rien à craindre de sa part, songea-t-elle en soupirant.

3.

Riminic Ivan Kolovsky.

Après avoir entré ce nom dans le moteur de recherche, Alexeï n'obtint aucun résultat.

Soudain, une idée diabolique germa dans son esprit. L'espace d'un instant, il songea à envoyer à Nina un courriel portant ce nom comme objet, juste pour voir sa réaction. Mais il se ravisa aussitôt.

Lavinia apparut à la porte de son bureau, lui demandant le mot de passe requis pour accéder à un dossier dont elle avait besoin.

— Kate s'en occupera, dit Alexeï sans lever les yeux.

En ce vendredi soir, l'atmosphère ne se ressentait aucunement de l'approche du week-end. Cela faisait une semaine qu'il était rentré, et il avait bien clarifié la situation : quoi qu'en pensât Nina ou le conseil d'administration, pour l'instant c'était lui le chef de la maison. Si bien qu'à présent tous semblaient marcher sur des œufs.

Tous, sauf Kate. Depuis longtemps, elle avait compris qu'Alexeï percevait la peur comme un requin flaire le sang, et elle refusait de plier devant lui. Comme elle refusait de se dévouer à plein temps.

— J'ai vraiment besoin de ce dossier pour préparer votre entretien téléphonique avec Belenki, à 18 heures, insista Lavinia. Et Kate doit absolument s'en aller à 17 heures, pour aller chercher sa fille…

— Non, pas ce soir, dit doucement Kate en entrant dans le bureau à cet instant. Alors, il n'y a aucun problème.

Préférant ne pas intervenir, Alexeï resta concentré sur son travail lorsque Lavinia, rageuse, tourna les talons.

— Vous avez l'air fatigué, dit-il ensuite.

A quoi bon avoir passé quarante minutes devant le miroir de la salle de bains..., se demanda Kate avec désespoir.

— Je n'ai pas beaucoup dormi.

— Ecoutez..., commença Alexeï avec embarras. Ce que j'ai dit lundi...

— Cela n'a rien à voir, l'interrompit Kate. C'est Georgina qui a fait des cauchemars.

— Comment va-t-elle ?

— Elle a quelques problèmes à l'école, répondit-elle d'un ton léger. Mais tout va bien pour elle.

— *Trop* bien ?

Ainsi, il se souvenait de ce qu'elle lui avait expliqué, la veille de son accident, songea Kate en souriant malgré elle.

— Vous deviez parler avec l'institutrice ? poursuivit-il.

— Je l'ai fait. Ils vont suivre ses résultats et évaluer son niveau. Ensuite, ils lui feront peut-être sauter une année...

— Elle n'a même pas cinq ans.

— En effet, mais elle est très intelligente.

— Certes, mais elle doit néanmoins rester avec des enfants de son âge, rire et jouer avec eux ; et non se retrouver au milieu de gosses de six et sept ans qui la traiteront comme un bébé, alors qu'elle peut déjà faire la même chose qu'eux !

Il était le seul à vraiment comprendre la situation.

— Etes-vous allée à l'école dont je vous avais parlé ?

— Oui, répondit Kate. Mais je le regrette.

— Ma proposition est toujours valable. Vous pouvez

très bien travailler à plein temps, et je vous ai dit que j'assumerais financièrement l'éducation de Georgina.

Comme elle plissait le front d'un air inquiet, il ajouta :

— Je survivrai, Kate, avec ou sans la Maison Kolovsky. Et j'aurai toujours besoin d'une assistante à temps plein.

Bien sûr, elle désirait que Georgina puisse bénéficier de cette éducation, mais elle refusait que sa fille soit élevée par une nounou. Car elle savait pertinemment que si elle acceptait de travailler à plein temps pour Alexeï elle resterait au bureau jusqu'à minuit, ou serait par exemple obligée de quitter la fête de l'école, parce qu'un VIP ne trouvait pas la limousine qui l'attendait à l'aéroport…

— Ça va s'arranger pour Georgina, dit-elle sans y croire.

— Arrêtez ! rétorqua vivement Alexeï. Elle sera bientôt plus intelligente que son institutrice. Elle s'ennuiera et sera dissipée, avant de se retrouvée mêlée à toutes sortes d'ennuis.

— Je mets de l'argent de côté, pour l'inscrire ensuite dans un bon collège.

Alexeï la croyait. Il l'admirait pour son courage — et pour son refus de travailler davantage pour lui. Mais en même temps, cette attitude l'irritait. Il la voulait à plein temps ; il avait besoin de sa présence, de son calme, de son efficacité.

Et il obtenait *toujours* ce qu'il désirait.

— Josef et vous avez été élevés par des gouvernantes et des précepteurs, reprit Kate. Que pensez-vous de ce système d'éducation ?

— J'ai détesté cela, dit-il en la regardant droit dans les yeux. Quand j'ai eu quatorze ans, mon précepteur ne pouvait déjà plus rien m'apprendre. Quand j'en ai eu seize… Eh bien, à ce stade, alors que Josef se passionnait déjà pour la médecine, j'ai travaillé en tête à tête avec un professeur particulier. Une femme. Disons qu'il s'agissait de travaux pratiques en biologie humaine…

Les joues en feu, Kate se demanda si parfois il disait de telles choses uniquement pour la provoquer et l'embarrasser.

— C'était un très bon professeur ! reprit Alexeï en souriant d'un air entendu. Mais une fois encore, à dix-sept ans, j'en savais déjà plus qu'elle. A dix-sept ans et demi, je lui montrais comment mieux s'y prendre…

Les joues toujours en feu, Kate se leva.

— Je vous ai embarrassée ? demanda-t-il en éclatant de rire.

— Pas du tout, répondit-elle calmement. Je serais ravie d'entendre la suite des aventures de votre jeunesse débauchée, mais je dois aller accueillir la princesse et sa mère, et m'assurer que tout se passe bien.

— C'est leur seconde visite, Lavinia peut s'en occuper.

— Je suis plus douée qu'elle, dit fermement Kate.

— Vraiment ?

Leurs regards se croisèrent et elle rougit de nouveau tandis que, cette fois, tout son corps s'embrasait. Comme s'ils venaient de franchir une limite, comprit-elle.

Kate avait simplement voulu rappeler ce qu'elle avait déjà signalé à plusieurs reprises : Lavinia n'était pas compétente avec les clients de marque. Elle était en effet incapable de comprendre les nuances à adopter, voire à respecter, surtout avec les visiteurs venant du Moyen-Orient.

Les robes de mariée Kolovsky valaient une véritable fortune. Ivan et Levander avaient tous deux refusé d'en inclure au sein des collections de prêt-à-porter. Même Alexeï, en créant Krasavitsa, n'avait pas introduit de robe de mariée dans cette nouvelle gamme.

Seule Nina voyait les choses différemment.

— Je ne doute pas de vos talents, dit Alexeï, en dardant sur elle un regard étincelant.

Kate détourna les yeux la première. Jusqu'alors, ils n'avaient jamais flirté ensemble. Elle se troublait parfois, rougissait souvent, mais seulement à cause de ses provocations délibérées.

Pas une seule fois il n'y avait eu…

De toute façon, elle aurait été incapable de définir ce qui venait de se passer, songea-t-elle en s'éloignant pour aller accueillir la princesse.

Quelques instants plus tard, précédée par des gardes du corps au service du cheikh, Kate fit entrer la princesse et sa mère dans l'espace dévolu aux robes de mariée Kolovsky.

Cet endroit était un véritable joyau, dont seules les clientes privilégiées connaissaient l'existence. Chaque boutique Kolovsky était une œuvre d'art en elle-même, mais ce lieu n'était pas une boutique et l'on y pénétrait comme en terre sacrée.

Là, il n'y avait pas vraiment de murs ou de plafonds. L'espace était en effet structuré par de simples panneaux de soie, dont les nuances s'étendaient de délicats roses pastel, jusqu'à un éventail inouï de tons ivoire, plus raffinés les uns que les autres. C'était comme se retrouver protégée dans un cocon de soie.

Quant aux hauts miroirs anciens aux cadres dorés, ils n'étaient pas que décoratifs. En effet, toute l'équipe étudiait ainsi la future mariée, sa posture, sa silhouette, sa taille : ces esprits brillants travaillaient sur la création destinée *exclusivement* à cette femme.

Une semaine avant le mariage, une équipe était envoyée au domicile de la cliente, pour lui présenter la création finale. Il ne s'agissait pas que de stylistes, mais aussi de véritables artistes de la coiffure et du maquillage, tous déterminés à ce que la mariée portant une robe Kolovsky soit la plus belle.

— Celle-ci, dit la princesse.

Elles passaient maintenant devant les vitrines étincelantes abritant des diadèmes, des escarpins et des bijoux. Mais ce n'était pas ces accessoires, si fabuleux fussent-ils, qui avaient attiré le regard de la princesse.

La jeune femme avait réagi de la même façon que toutes celles qui pénétraient dans cet endroit : comme attirée par une force irrésistible, elle s'était dirigée vers la robe divine exposée au centre de l'espace réservé aux accessoires.

— Celle-ci, répéta-t-elle. Je veux celle-ci.

— Cette robe ne peut être reproduite à l'identique, expliqua Kate. Seules les femmes de la famille Kolovsky, ou les femmes qui vont entrer dans celle-ci, peuvent la porter.

— Je la veux, insista la princesse en regardant sa mère.

Cette dernière hocha la tête, car cette famille pouvait tout s'offrir… Sauf ce qui n'était pas à vendre.

— Votre robe sera dessinée exclusivement pour vous, répliqua Kate avec calme. Or, celle-ci a été créée pour une autre femme.

Avant de s'éloigner à regret avec l'équipe de stylistes, la princesse jeta un dernier regard à la robe exposée.

Chaque fois que Kate voyait cette création, sa teinte lui semblait légèrement différente : dorée, argentée, blanche. Le bustier était brodé de minuscules diamants, et d'autres avaient été dissimulés dans l'ourlet — de la même façon qu'Ivan et Nina avaient caché leurs trésors, quand ils avaient quitté la Russie pour venir en Australie.

Cette robe aurait dû être portée successivement par les futures épouses des fils Kolovsky, avant d'échoir à Annika, la fille d'Ivan et de Nina.

Mais tour à tour, chacune d'elles avait refusé de la porter.

Millie, la femme de Levander, avait été la seule à avoir *failli* la porter, jusqu'à ce que, le jour de son mariage, elle ôtât la robe, avant de la laisser en tas sur le plancher. Puis elle s'était enfuie — avant d'épouser Levander quelques heures plus tard, vêtue d'un jean.

Le mariage du deuxième fils, Josef, avait eu lieu quelques semaines après la mort d'Ivan. Aussi lui et sa femme, Annie, avaient-ils jugé indélicat de célébrer leur union dans le faste, alors que tout le monde portait le deuil. La mariée avait donc choisi une robe simple de prêt-à-porter, couleur lilas.

Quant au mariage d'Annika, il avait été célébré au chevet d'Alexeï, après son accident.

Kate soupira. Et comme Alexeï ne se marierait probablement jamais, la robe resterait sur son mannequin, prisonnière de son écrin de verre.

— On rêve ?

La voix d'Alexeï la fit sursauter.

— Non, mentit Kate en se retournant vers lui. Que venez-vous faire ici ?

— Je voulais m'assurer que nos invitées étaient satisfaites.

— Tout se passe bien : la princesse est entre les mains des stylistes. Elle et sa mère sont ravies de dîner de nouveau avec Nina. Oh ! J'ai appelé votre sœur. Cette fois, Annika a accepté de se joindre à elles. J'ai pensé qu'il valait mieux faire un effort supplémentaire, pour être sûrs de ne pas les offenser.

— Vous avez de meilleures idées que Nina. Imaginez-la à la direction ! Nous aurions des badges portant notre nom, des caisses enregistreuses…

— Et les sacs seraient payants ! ajouta Kate avec malice.

Puis elle regarda de nouveau la robe et retint la question qui lui brûlait les lèvres.

— Qu'alliez-vous me demander ? fit Alexeï.

— Pourquoi Millie avait-elle fui, le jour de son mariage ?

— Vous savez bien que je ne répondrai pas à cette question. La Maison Kolovsky a ses secrets.

— Et bien sûr, vos secrets ont bien plus de valeur que ceux des autres, répliqua Kate avec agacement.

Et puis, sans savoir pourquoi, elle fondit en larmes.

Alexeï se sentit complètement désarçonné : il ne l'avait *jamais* vue pleurer, pas une seule fois, même pas le jour où il était allé la voir à la maternité, alors qu'elle avait été si seule…

— Que se passe-t-il ? demanda-t-il, réellement inquiet.

— Je vous le demande ! riposta Kate avec colère. Franchement, qu'est-ce qui pourrait bien ne pas aller ? Et si je souffrais d'un choc post-traumatique ?

— Un choc post-traumatique ? répéta-t-il, les sourcils froncés.

— Vous avez failli mourir, pour l'amour du ciel !

Ces mots avaient jailli de ses lèvres malgré elle, mais il semblait ne toujours pas comprendre. Non, il ne comprenait pas ce qu'avaient été les dernières semaines — les derniers *mois*, corrigea-t-elle en son for intérieur.

Georgina se réveillait la nuit à cause de ses cauchemars ; Nina la harcelait ; il y avait les sempiternels problèmes d'argent… Et en plus de cela, le terrible accident d'Alexeï, la terreur qu'elle avait ressentie lorsque Josef lui avait annoncé que son frère ne passerait peut-être pas la nuit.

— Venez, dit Alexeï, ne restons pas ici.

Au deuxième étage, il y avait un salon de thé fort agréable, mais Kate se sentait incapable d'affronter qui que ce soit. Aussi descendirent-ils au rez-de-chaussée et, une fois franchies les portes à tambour, ils se dirigèrent vers le petit café situé de l'autre côté de la rue.

Là, Alexeï lui tendit une serviette en papier pour qu'elle sèche ses larmes.

— J'ai cru que vous alliez mourir, murmura-t-elle. Et maintenant, vous êtes là, de retour, comme si rien ne s'était passé…

— Kate…, commença Alexeï.

Mais il s'interrompit. Il n'allait certes pas lui révéler à quel point, en fait, tout avait changé. Ni lui parler de la lutte qu'il menait, dans tellement de domaines. Parfois, il en venait même à se demander s'il avait bien fait de revenir. Parce que diriger un empire colossal représentait une véritable gageure, alors que sans se concentrer farouchement il ne pouvait même pas se rappeler combien il mettait de morceaux de sucre dans son café…

— Je vais bien, poursuivit-il.

— Je le sais !

Elle se conduisait de façon absurde, Kate en était consciente.

— Mais…, poursuivit-elle en essayant de se ressaisir. Vous revoir tout à coup… comme ça… Vous étiez encore si mal quand vous êtes parti en convalescence, et maintenant…

Elle se concentra pour essayer de décrire la confusion qui régnait dans son esprit.

— Maintenant, vous êtes de retour. Comme si rien ne s'était passé. Et toutes ces histoires… Krasavitsa… Nina, Belenki…

Elle ferma les yeux, inspira à fond.

— Tout le monde a recouvré ses esprits, son mode de fonctionnement, mais moi, j'ai besoin d'un peu plus de temps que les autres… C'était tellement affreux… Vous avez failli *mourir* !

Tout s'était enchaîné très vite, reconnut intérieurement

Alexeï. Il se revit allongé dans ce lit d'hôpital, le cerveau trop abîmé par le traumatisme pour réfléchir ; puis aux Antilles, son esprit avait été brouillé par les antalgiques. Il s'était alors concentré sur un seul objectif : se rétablir, rentrer, être aussi performant — non, davantage — qu'avant.

Mais à présent, assis dans ce café, il entrevit, peut-être pour la première fois, ce qu'il avait failli perdre. Il comprit également ce qui avait tant manqué à son rétablissement, à sa vie.

— Merci.

Il prononçait si rarement ce mot qu'il éprouva une sensation étrange.

— Merci pour votre attention, continua-il, et pour votre aide. Je ne m'étais pas rendu compte que cela avait été difficile pour vous. Mais je suis de retour, maintenant, et je vais bien.

Kate hocha la tête, en se sentant un peu stupide.

— Et maintenant, reprit-il en se levant, je dois montrer au monde à quel point je vais bien.

— Ce qui veut dire ?

— Que l'ancien Alexeï est de retour.

— Ne devriez-vous pas… ? commença-t-elle en plissant le front.

Devant son air inquiet, Alexeï se rassit.

— Dites-moi ce que je devrais faire.

— Peut-être calmer un peu le jeu ?

Ce n'était vraiment pas son rôle de lui dicter sa conduite, mais vu les circonstances, Kate prit le parti de la franchise.

— Je veux dire, jusqu'à ce que le conseil d'administration ait pris une décision.

— Je ne dispose pas de ce temps, et vous le savez.

— Voulez-vous bien y repenser ?

— C'est fait, dit-il en souriant.

Cette fois, il se leva résolument.

Un peu avant 17 heures, il vint lui demander si cela ne la dérangeait vraiment pas de rester.

— Pas du tout, répondit-elle. Ma sœur va chercher ma fille.

— Elle vit dans la région ?

Kate hocha la tête, tandis qu'elle se sentait rougir. Mais elle réussit à dissimuler son trouble en s'installant devant son ordinateur.

— Oui. Georgina passe le week-end chez elle, dit-elle, le plus légèrement possible.

Il ne fit aucun commentaire. Or, chaque fois qu'Alexeï était venu chez elle, Georgina n'avait pas été à la maison. De toute façon, si sa fille avait été là, Kate n'aurait pas laissé Alexeï entrer.

Refoulant un soupir, elle se concentra sur son travail.

Quand Alexeï sortit de son bureau dans la soirée, il avait le visage horriblement sombre. Kate lui annonça qu'elle avait réservé la meilleure table du casino, pour deux personnes comme il le lui avait demandé. Puis, fatiguée par cette longue journée, elle éteignit son ordinateur et prit son sac à main.

Alexeï s'était changé. Vêtu d'un smoking, il était sublime.

— Avez-vous annulé votre rendez-vous habituel ? demanda-t-elle.

— Pardon ?

Elle contempla ses mains hâlées, ses ongles impeccables, mais pas aussi soignés que d'habitude. Un vendredi sur deux, Alexeï se rendait dans le salon le plus réputé de Melbourne, où il s'installait confortablement en buvant du thé vert, tandis que ses épais cheveux noirs étaient lavés et coupés, ses ongles manucurés.

Au début de la semaine, Kate les avait appelés pour

prévenir qu'Alexeï était de retour, puis elle avait informé celui-ci que son heure de rendez-vous habituelle était maintenue.

— Votre rendez-vous dans le salon, précisa-t-elle.

Mais il se contenta de froncer les sourcils.

— Dites-leur que dorénavant ils devront venir ici. Je suis fatigué d'aller là-bas.

— Bien sûr.

De la part de son patron, ce n'était pas une demande inhabituelle. Alexeï changeait souvent d'avis et il lui incombait de gérer cela. Aussi le nota-t-elle rapidement dans son agenda.

— Eh bien, passez une bonne soirée, dit-elle en relevant la tête.

— Vous aussi. Vous avez prévu quelque chose ?

— Oui, un bain et ensuite, au lit, avoua Kate.

Puis elle sourit.

— A moins que je n'aille faire un tour en boîte !

— C'est une excellente idée, dit Alexeï. Puisque vous n'avez pas Georgina, ce soir.

— Bon, dit-elle, en s'arrêtant devant l'ascenseur. A lundi !

— A lundi.

Il la verrait lundi, se dit Alexeï. Pas avant.

Il la regarda entrer dans la cabine avant d'appuyer sur le bouton et, durant un dangereux instant, il imagina la jeune femme ôtant ses chaussures, son tailleur, puis se glissant dans un bain…

Pour Alexeï, la nuit ne faisait que commencer. Pourtant, il était fatigué. Et il souffrait. Mais pas question de prendre un antalgique. Cela faisait vingt-quatre heures qu'il n'y avait pas touché et la douleur devenait de plus en plus pénible. Mais il n'en reprendrait pas : ces pilules rendaient son esprit confus.

Entrant à son tour dans l'ascenseur, il contempla les boutons durant trois bonnes secondes. Il devait appuyer sur « Réception », pas sur « Rez-de-chaussée ». Au cours de la semaine, il avait fait l'erreur un nombre incroyable de fois. Heureusement, personne ne s'en était aperçu, pas même Kate.

Il se passa la main dans les cheveux, et quand la cabine se mit à descendre il ferma les yeux et essaya, de nouveau en vain, de se rappeler l'adresse du salon de coiffure. En outre, il était incapable de se souvenir du nom de la boutique.

Il rouvrit les yeux en même temps que les portes coulissaient devant lui.

— Bonsoir, monsieur Kolovsky.

Il répondit au salut du gardien, puis descendit les escaliers avec une apparente facilité, avant d'aller se glisser à l'arrière de la limousine qui l'attendait.

4.

Alexeï misa un million sur le noir et regarda tranquillement la roue tourner, sans le moindre frisson.

Gagner, perdre. Soudain, il ne ressentait plus rien.

Voulait-il gagner de l'argent ? Voulait-il encore de Kolovsky, de Krasavitsa ? Il ne le savait plus trop.

La boule s'arrêta sur le noir

Autour de lui, les félicitations fusèrent, tandis qu'il se tournait vers l'une des plus belles femmes du monde, avant de recueillir son baiser sur les lèvres. Il se souvenait qu'ils étaient déjà sortis ensemble, mais il ne parvenait toujours pas à se rappeler jusqu'où était allée leur relation.

Il lui rendit son baiser, retrouva le goût du champagne sur sa langue et l'attira contre lui. Si seulement son parfum raffiné et coûteux, ses seins magnifiques, son corps parfait pouvaient venir à bout de l'indifférence qu'il ressentait…

Un toast fut porté en son honneur.

Il venait de gagner une somme faramineuse, il tenait une femme somptueuse dans ses bras, et pourtant il ne ressentait aucune excitation.

— Excuse-moi un instant, dit-il en s'écartant de sa compagne.

Puis il se dirigea vers les toilettes. Là, après s'être lavé les mains, il se passa de l'eau sur le visage.

Quand il releva la tête, Alexeï contempla son reflet dans le miroir. Ses cheveux étaient noirs, épais et brillants. Le blanc de ses yeux gris ardoise : impeccable. Sa peau : lisse, sans défaut. Sa barbe naissante, juste comme il fallait.

Rien à redire concernant le P.-D.G. de Kolovsky. Néanmoins, il desserra sa cravate car il avait soudain l'impression de ne plus pouvoir respirer.

Il fallait qu'il se rappelle… Quoi, Alexeï n'aurait pu le dire, mais il était certain que c'était d'une importance capitale. Chaque fois qu'il avait l'impression qu'il allait s'emparer de ce souvenir, ce dernier lui échappait.

Pourquoi échouait-il, chaque fois ?

A cet instant, son mobile vibra dans sa poche. Il poussa un soupir et quitta les toilettes, tout en sortant l'appareil de sa poche. Sur l'écran, il aperçut le nom de Brandy, sa compagne de la soirée.

Elle l'attendait sans doute avec impatience, se demandant où il était passé. Eh bien, elle attendrait.

Au lieu de tourner à droite pour aller la rejoindre, il tourna à gauche et atterrit dans les cuisines. Là, il ignora les tentatives exaspérées du chef s'efforçant de lui faire faire demi-tour et continua son chemin. Quand il déboucha dans une sorte de buanderie, son mobile vibra une fois de plus dans sa poche. Il le prit et, au lieu de répondre, il appela son chauffeur pour lui demander de ramener Brandy chez elle.

— Y a-t-il un message à lui transmettre ?

— Non.

Puis Alexeï éteignit son mobile, avant de le laisser tomber négligemment dans une poubelle. Ensuite, il ouvrit une porte et se retrouva enfin dans la rue, à l'arrière du casino. Par chance, un taxi apparut comme par magie et s'arrêta devant lui quand il le héla.

— Je vous emmène où ?

Tout d'abord, Alexeï ne répondit pas.

— Où voulez-vous aller ? insista le chauffeur.

— A l'aéroport.

Lorsque le véhicule fila sur la voie express, Alexeï reconnut le paysage familier. Il était venu là, se souvint-il, la nuit de l'accident. Il roulait à toute allure, comme s'il avait le diable à ses trousses.

Mais pourquoi ?

La circulation étant fluide à cette heure-là, ils arrivèrent à destination en moins d'une demi-heure.

— Ramenez-moi en ville.

Le chauffeur commença à protester, mais lorsqu'il vit le billet tendu sous son nez il se tut.

— Roulez, c'est tout, dit Alexeï.

Le chauffeur s'exécuta.

Ils parcouraient Melbourne à la lueur des réverbères…

— Prenez à gauche, demanda-t-il soudain.

Puis, lorsque le véhicule fila en direction de la banlieue, il donna plusieurs indications au chauffeur.

A peine visible dans l'obscurité, la maison de Kate apparut enfin au bout de la rue.

— Arrêtez-vous là.

Le chauffeur obéit et se gara devant la maisonnette, puis resta silencieux tandis que cinq, puis dix, puis quinze minutes s'écoulaient.

La petite pelouse avait besoin d'être tondue, remarqua Alexeï, sa voiture d'être lavée, et un panneau indiquant « A vendre » était accroché sur la façade.

Sans dire un mot, le chauffeur attendait.

Alexeï attendait que sa folie s'estompe, que sa raison lui revienne, avant de lui demander de le ramener en ville.

Jamais plus, avait-il décidé. Il se haïssait pour laisser Kate se faire des illusions. C'était la quatrième fois qu'il se retrouvait ainsi devant sa porte, et il se méprisait pour sa faiblesse. S'il restait, il le regretterait encore une fois, quand l'aube se lèverait.

— Vous pouvez partir, dit-il en ouvrant sa portière.

— Vous ne voulez pas aller vérifier qu'il y a quelqu'un ?

— C'est bon, partez.

Debout sur le trottoir, en pleine banlieue, à 3 heures du matin, sans téléphone, Alexeï regarda les feux arrière du taxi disparaître au bout de la rue.

Que faisait-il là, une fois de plus ? Il repoussa cette question en essayant de refouler les souvenirs de ses précédentes visites nocturnes.

Kate et lui se connaissaient depuis cinq ans ! songea-t-il soudain. C'était la première fois qu'il pensait à cela. A part sa mère et sa sœur, Kate faisait partie de sa vie depuis plus longtemps qu'aucune autre femme.

Il s'engagea sur la petite allée et regarda un instant la porte close. Puis il inspira et frappa.

Si Bruce avait vraiment été un chien de garde, il se serait manifesté un peu plus tôt, se dit Kate en l'entendant aboyer.

Lorsqu'elle traversa l'entrée, à moitié endormie, elle fut néanmoins suffisamment lucide pour se répéter de ne pas croire au miracle.

Parfois, elle se demandait même si elle n'inventait pas ces visites. Kate ne comprenait pas pourquoi Alexeï venait ainsi, mais à trois reprises il était apparu devant elle sur le pas de la porte.

La première fois, quelques semaines après qu'elle eut commencé à travailler pour lui, il avait dit que les paparazzis le poursuivaient et qu'après les avoir semés il s'était retrouvé là. Elle lui avait alors offert de dormir sur le sofa. Le matin suivant, lorsqu'elle s'était réveillée, il avait disparu.

Puis, quelques semaines plus tard, quand il lui avait demandé de rester plus tard au bureau et qu'elle avait refusé, ils s'étaient disputés et elle avait donné sa démission. Il était arrivé chez elle en taxi vers minuit, quelque peu éméché, et lui avait demandé de réfléchir, en lui promettant de respecter plus rigoureusement ses horaires de temps partiel. Et dès qu'elle avait accepté de revenir, il s'était endormi sur le sofa.

Il avait réapparu une troisième fois après le bal de charité. A cette occasion, il avait tenu des propos complètement incohérents ; il était en guerre contre tout le monde : Belenki, sa famille, et l'univers entier.

C'était à ce moment-là qu'ils avaient échangé leur deuxième baiser, doux, troublant. Mais quand il s'était écarté d'elle, Kate avait vu le chaos régner dans son regard.

Une fois encore, il avait disparu au matin. Puis il avait eu cet accident. Et à présent, il était de nouveau là, devant elle, au beau milieu de la nuit.

— Ma jambe…

La sueur perlait sur son front, remarqua-t-elle, tandis qu'il entrait chez elle en boitant. Cela en disait long sur sa souffrance, car durant toute la semaine il avait réussi à marcher normalement.

— Avez-vous pris vos médicaments ?

— J'ai arrêté de prendre quoi que ce soit, souffla-t-il.

Il était si pâle sous son hâle…

— Vous êtes supposé réduire la dose, pas arrêter.

— Eh bien, j'ai réduit en arrêtant complètement.

— Quand ?

— Aujourd'hui.

— Alexeï ! s'exclama Kate, absolument horrifiée. Ils vous avaient dit de réduire lentement ! Ils avaient même précisé qu'il faudrait des mois avant que vous puissiez vous en passer. Vous ne pouvez pas arrêter comme ça !

— Eh bien, je l'ai fait. Il faut que j'aie les idées claires.

— Si vous souffrez, vous ne serez jamais lucide !

— Ecoutez-moi ! fit-il en lui prenant le poignet. Depuis l'accident, mes idées restent affreusement confuses…

— C'est normal.

Il avait vraiment l'air mal en point.

— Exactement. Ils ne veulent pas que j'aie les idées claires. Ce fichu médecin me donne de plus en plus de comprimés.

— C'est le meilleur, répliqua Kate. Votre mère a…

Elle s'interrompit : Nina n'aurait quand même pas pu s'abaisser jusqu'à… ? Mais vu la façon dont elle se comportait maintenant, rien n'était exclu.

— Je vais retourner consulter les médecins de l'hôpital, annonça-t-il. J'ai rendez-vous lundi. Je veux être suivi par eux, pas par un médecin choisi par ma mère.

Lorsqu'il leva les yeux et regarda Kate, elle y découvrit une souffrance autant morale que physique.

— Vous devez me trouver paranoïaque…, ajouta-t-il.

— Hélas, non, dit-elle enfin, après un long silence.

Elle se tut de nouveau.

— Nous sommes peut-être *tous les deux* paranoïaques, reprit-elle. En tout cas, vous n'avez pas confiance en Nina.

— Si je peux tenir cette nuit, alors je retrouverai la lucidité.

Cela, Kate pouvait le comprendre. Mais il y avait tant d'autres choses qui restaient obscures…

Quand il venait ainsi chez elle, la situation aurait dû être inconfortable, embarrassante, mais il n'en était rien. Certes, il restait fidèle à lui-même : arrogant, hautain, mais il était plus léger, même s'il souffrait comme ce soir.

— Comment peut-on perdre une bonde ? demanda Alexeï, debout sur le seuil de la salle de bains.

Kate lui avait proposé de prendre un bain, et comme il n'en avait jamais fait couler un seul de sa vie, elle avait accepté de s'en occuper. Mais la bonde restait introuvable !

— Vous pourriez peut-être prendre une douche ? suggéra-t-elle.

— Vous venez de me convaincre qu'un bain me ferait le plus grand bien, Kate. Vous avez passé dix minutes à ...

— La voici !

La bonde se trouvait dans l'une de ses cachettes habituelles : entre les pages du roman qu'elle avait lu en prenant son bain.

Après avoir vérifié que tout était prêt — serviettes, savon... —, elle voulut quitter rapidement la salle de bains. Mais Alexeï lui bloqua le passage en tendant le bras vers le livre qu'elle tenait dans la main.

— J'ai peut-être droit moi aussi à un peu de lecture ?

Qu'il se soit plongé dans son roman ou non, il resta en tout cas une éternité dans la salle de bains.

Kate ne savait pas ce qu'il faisait chez elle, ni ce qui le poussait à venir. Elle se contentait d'accepter sa présence. De toute façon, elle pressentait que si elle l'interrogeait il se fermerait complètement. La meilleure attitude aurait sans doute été de ne pas lui ouvrir la porte ; de feindre d'être sortie...

Elle avait sa vie, sa carrière, sa fille. Mais Alexeï était son secret. Son secret délicieusement coupable.

Il était inaccessible, elle le savait pertinemment, mais durant quelques instants il était là, avec elle, dans sa maison. Oh ! Elle savait très bien que le lendemain, lorsqu'elle s'éveillerait et constaterait qu'Alexeï était parti, elle devrait lutter une fois encore contre un atroce sentiment de perte...

La voix d'Alexeï la sortit de ses pensées.

— Est-ce qu'elle revient vers lui ? demanda-t-il en s'appuyant au chambranle de la porte de sa chambre.

Les cheveux mouillés, une serviette nouée autour des hanches, il était divinement beau, et terriblement sexy. Assise sur son lit, Kate essaya de rassembler ses pensées.

— L'héroïne du livre, Jessica… ? Oui. Pendant une courte période, répondit-elle tandis qu'il s'avançait dans la pièce.

— Que se passe-t-il à la fin ? demanda-t-il en s'asseyant sur le lit. Elle réalise qu'elle était plus heureuse sans lui ?

Il s'allongea à côté d'elle. Kate aurait voulu se tourner vers lui, mais elle en était incapable. Elle restait sans bouger, assise, adossée aux oreillers du lit.

— Je n'en suis pas encore arrivée là.

Enfin, elle osa le regarder. Lentement, elle laissa errer ses yeux sur son visage, ses cils humides sur sa peau hâlée. Mais c'était son corps presque nu qu'elle découvrait pour la première fois, de tout près. Le *vrai* corps d'Alexeï, et non le fruit de son imagination débridée.

Il était d'une beauté stupéfiante.

— Vous vendez votre maison ? lança-t-il d'un ton neutre.

— C'est mon propriétaire qui la vend, réussit-elle à répondre sur le même ton.

Les yeux toujours fermés, il plissa le front.

— C'est pour cela que j'ai demandé à ma sœur de prendre ma fille ce week-end, expliqua-t-elle.

— Il vous a donné un préavis, je suppose ?

— Oui, d'un mois. Je commence à chercher un autre logement ce week-end… J'espère avoir trouvé quelque chose le week-end prochain.

Elle s'interrompit, craignant que sa voix ne se mette à trembler.

— Enfin, si j'ai une lettre de recommandation de mon employeur, ajouta-t-elle en s'efforçant de prendre un ton léger.

— Vous trouvez que je me suis montré un peu trop agressif ? demanda-t-il en rouvrant les yeux.

— *Beaucoup* trop ! corrigea-t-elle avec indignation.

— Je ne peux pas me permettre de vous laisser partir.

Kate ne répliqua rien. Soudain, tous ses soucis semblèrent disparaître, et ils restèrent tous deux silencieux, en une sorte d'accord tacite.

Mais tout à coup, il tressaillit de douleur.

Sans réfléchir, Kate posa la main sur sa cuisse. Une fois qu'elle le toucha, ce fut si simple, si naturel, qu'elle comprit que maintenant, tout ce qu'elle pourrait faire serait *juste*.

Sa peau était chaude, ferme et tendue sous sa paume, et ce contact la fit frémir. Elle s'efforça de contrôler sa respiration, tandis qu'elle massait délicatement le muscle endolori d'Alexeï. Peu à peu, elle s'habituait à la sensation délicieuse de le sentir sous ses doigts. Le souffle plus régulier, elle effleura les cicatrices avant de se mettre à les masser doucement : avec un peu d'hésitation au départ, puis de plus en plus fermement. Soudain, les muscles finirent par se détendre sous ses doigts. Mais juste après, Alexeï se crispa de nouveau et jura en serrant les mâchoires. Kate comprenait ce qu'il ressentait.

— Quand j'ai eu Georgina…

— Non ! fit-il en riant, malgré sa souffrance. Ne me dis pas que tu sais ce que je ressens…

— Mais si, répliqua-t-elle, sans cesser de masser sa cuisse. Les infirmières me répétaient que tout allait bien, que tout était normal, mais moi, je n'en pouvais plus. Je savais qu'accoucher était douloureux, mais c'était *atroce*.

— Ça a duré combien de temps ?

— Toute la nuit. J'ai cru que cela ne finirait jamais.

— Je ne veux pas de médicaments.

— J'ai dit la même chose, au début, fit Kate en souriant.

— Tu as capitulé ? demanda Alexeï.

— Oui. J'aurais pris n'importe quoi.

— Je résisterai, affirma-t-il en souriant à son tour.

Kate était prête à le croire.

Sa cuisse s'était remusclée. La dernière fois qu'elle

l'avait vue, sa chair avait été abîmée, horriblement meurtrie. A présent, sa peau était lisse et bronzée, ses cicatrices plus claires, à peine visibles parmi les poils qui avaient repoussé.

— Tu vas y arriver, dit-elle. Il suffit de te détendre.

— Plus facile à dire qu'à faire…

— Essaie, insista-t-elle.

Alexeï obéit. Allongé sur le lit de Kate, il ne pensait qu'à ses mains sur lui.

A l'hôpital, il avait détesté qu'on s'empare de son corps, qu'on lui répète de se détendre, d'essayer de ne pas résister. Mais il comprenait maintenant ce qu'ils avaient cherché à lui dire, parce que, quand il se détendait effectivement, qu'il lâchait prise, il avait l'impression d'avoir moins mal.

Il ne s'était jamais senti aussi détendu, aussi à l'aise en compagnie d'un autre être humain. D'habitude, il menait toujours le jeu. Au cours d'un dîner, en affaires, au lit, à l'hôpital, c'était toujours lui qui dirigeait. Quel que fût le but, il le poursuivait sans répit.

Mais cette nuit, il laissait faire Kate…

Il s'abandonna, jusqu'à ce que la douleur envahisse de nouveau sa jambe, tandis que son cerveau se contractait de souffrance. Une fois encore, il entendit le crissement des pneus et sentit l'odeur de caoutchouc brûlé. Il avait perdu le contrôle de sa voiture, parce qu'il était trop agité.

Les sensations furent soudain si vivaces qu'il dut serrer les poings pour ne pas se couvrir le visage des mains.

— Ne pense à rien, dit doucement Kate.

Alors, au lieu de rester enfermé dans ses souvenirs brisés, il la regarda. Les yeux baissés, elle était concentrée sur sa tâche. Son peignoir s'était légèrement entrouvert, laissant voir la naissance de ses seins, et cette douce vision lui procura un apaisement délicieux.

Puis il regarda ses mains travailler, le mouvement de

ses doigts, et il sentit son souffle se ralentir. Elle produisait sur lui un effet presque hypnotique.

La petite serviette qui recouvrait son sexe s'était maintenant desserrée. Les muscles de sa cuisse s'étaient détendus, mais c'était maintenant une autre partie de son anatomie qui réagissait…

— Ne t'inquiète pas, dit Kate avec embarras.

Puis elle ajouta avec une désinvolture forcée :

— Je suis sûre que cela arrive souvent.

Tant de kinésithérapeutes devaient l'avoir touché, tant d'infirmières…

— Pas une seule fois.

Sa main, immobile, était restée sur sa cuisse. A ce stade, Kate aurait pu se lever, quitter le lit… Mais elle ne bougea pas.

Soudain, elle se rendit compte que là, en face de lui, elle se sentait belle, elle devenait une autre femme. Une femme audacieuse, sensuelle, sûre d'elle.

Pour Kate, sa première expérience sexuelle avait été entachée de honte. Elle avait couché avec Craig et elle était tombée enceinte de Georgina. Mais il l'avait accusée d'avoir agi délibérément, pour le forcer à l'épouser. Rapidement, leur relation s'était dégradée, jusqu'à ce que Kate lui demande de partir.

Le soulagement de Craig avait été manifeste ; visiblement, il était soulagé de se voir exempté de toute responsabilité envers leur futur enfant. Ses parents entretenant une vague relation avec la fillette, il rencontrait celle-ci de loin en loin, chez eux. Et il lui envoyait une carte pour son anniversaire et à Noël. Leurs relations se bornaient à cela.

Quand il était parti de chez elle, Kate s'était juré de ne plus jamais vivre de relation aussi médiocre. Faisant de son mieux pour élever sa fille, elle se passerait d'homme, plutôt que de faire souffrir Georgina à cause de ses erreurs.

Mais à présent, Alexeï était dans son lit, et pour la première fois depuis très longtemps, elle n'était plus seulement une mère. Elle était redevenue une femme.

Il continuait à la regarder et elle ne pouvait détacher les yeux des siens. Quand elle bougea enfin la main, ce fut cette fois pour une caresse. Elle sentit sa cuisse se contracter sous ses doigts, sentit la douleur se répandre dans ses muscles, mais maintenant elle l'apaiserait d'une autre façon.

— Kate…, murmura-t-il en posant la main sur la sienne. Tu n'es pas obligée de…

— Je sais.

Ce qui se passait allait changer leur relation, mais de toute façon, elle avait *déjà* changé.

Kate savait qu'elle ne garderait jamais Alexeï, mais elle s'en moquait. Seul comptait le présent. C'était la première fois qu'elle prenait le sexe d'un homme dans sa main, mais cela lui semblait naturel.

— Kate…, murmura de nouveau Alexeï, d'un ton presque suppliant.

Les sensations qui naissaient en lui étaient étranges. Sa douleur, sa culpabilité et sa honte seraient toujours là quand il partirait de chez Kate, mais pour l'instant tout se fondait dans le délice de ses caresses. Elle s'occupait de lui sans avidité, sans exigence. Tout en laissant échapper un soupir, il ferma les yeux.

Elle manquait visiblement d'expérience, si bien qu'il eut un instant le désir de la corriger, de lui montrer comment s'y prendre. Sauf que, comprit-il en s'abandonnant sous ses doigts, ce n'aurait pas pu être meilleur que cela.

Le plaisir qui l'envahissait était inattendu, profond.

Kate serra le sexe dur et brûlant d'Alexeï entre ses doigts. Elle ne pouvait s'empêcher de le caresser, fascinée par sa beauté, par la beauté de cet homme.

Elle ferma un instant les yeux, se sentant de plus en plus audacieuse.

Se laissant guider par son désir, elle pencha la tête et effleura son torse du bout des lèvres.

Lorsque Kate sentit la main d'Alexeï se glisser sous son peignoir, elle la repoussa. Puis, elle laissa descendre ses lèvres sur son ventre. Sachant que ces instants étaient uniques, elle en savourait chaque seconde.

Alexeï soupira de plaisir. Elle n'était pas experte, mais elle était sincère, songea-t-il. Et la simplicité de Kate faisait naître en lui un plaisir inconnu. Soudain, il eut envie de lui dire…

Qu'aurait-il pu lui dire ? Il n'en savait rien. Kate ne l'embrassait pas pour l'impressionner ou lui faire plaisir, mais pour apaiser son propre désir. Elle l'embrassait ainsi parce qu'elle y trouvait du plaisir.

Et en agissant ainsi, elle lui en procurait en même temps.

Pour Alexeï, ce fut une révélation. De rester là, offert à ses mains, à sa bouche, sans rien faire. De ne penser à rien d'autre qu'aux sensations qu'elle faisait naître en lui.

Soudain, ses hanches se soulevèrent.

— Kate…, chuchota-t-il.

Sentant ses yeux se mouiller, Alexeï serra fortement les paupières. Il ne voulait pas qu'elle cesse ses caresses, mais finalement son corps réclama l'apaisement, et il jouit dans sa bouche.

Jamais il ne s'était trouvé dans un endroit semblable, suspendu dans le temps, un endroit où n'existaient plus que la langue de Kate, ses lèvres et son souffle.

Quand il rouvrit les yeux, il regarda la femme belle et généreuse agenouillée devant lui, et dont il désirait toujours partager le lit.

Doucement, il l'attira contre lui et ferma de nouveau les yeux, savourant la sensation de ses seins pressés contre son torse. Ses cheveux avaient un parfum de fleur, songea-t-il en sentant une mèche de cheveux lui caresser la joue.

Et soudain, il trouva ce qu'il avait vainement cherché durant tant de mois, et même d'années : la plénitude.

5.

Lorsque Kate se réveilla, elle était seule dans son lit. Mais, à sa grande surprise, elle ne ressentait aucune honte, aucun regret. Au contraire, cette nuit avait été la plus merveilleuse de sa vie.

Après avoir enfilé son peignoir, elle s'aspergea le visage d'eau et se brossa machinalement les dents. Elle devait aller visiter trois maisons à louer avant midi, avait toutes sortes de corvées à effectuer ensuite, et s'efforcerait de ne pas penser à Alexeï avant le soir.

A ce moment-là, elle aurait tout le temps de s'asseoir tranquillement pour repenser à la nuit fabuleuse qu'ils avaient partagée.

Refusant de regarder s'il lui avait envoyé un texto, Kate se dirigea vers la boîte aux lettres et y prit le journal, avant de gagner la cuisine.

— Je me disais que…

— Oh… ! fit-elle en posant la main sur sa poitrine, et en laissant presque tomber le journal par terre.

Cela ne lui était absolument pas venu à l'esprit qu'il pût être encore dans la maison ! D'habitude, lorsqu'elle se réveillait, il avait toujours disparu… Et pourtant, il était bien là, dans sa cuisine éclairée par les rayons du soleil matinal !

— Où est le café ? demanda-t-il.

— Ici, répondit Kate.

Le voir dans sa modeste cuisine la mettait mal à

l'aise. La nuit passée, son fantasme était devenu réalité, mais ces instants avaient représenté une échappée par rapport au quotidien. Et elle aurait préféré en garder un souvenir intact, sans aucun rapport avec sa vie de tous les jours. Et surtout, elle aurait souhaité qu'ils n'en reparlent plus jamais.

Mais Alexeï était là, en chair et en os, vêtu de son seul pantalon. Fascinée, elle promena son regard sur sa peau brunie par le soleil, sur la naissance de la toison qu'elle avait caressée avec ses lèvres quelques heures plus tôt…

Elle se ressaisit rapidement. En fait, elle n'appréciait pas du tout que ses rêves envahissent ainsi la réalité ! Elle n'aimait pas non plus se retrouver en face d'Alexeï alors qu'elle portait son peignoir défraîchi, qu'elle avait les cheveux en bataille.

Il devait regretter d'être venu chez elle.

— Je pensais que tu étais parti, dit-elle.

Alexeï eut un petit sourire moqueur. Il avait pensé partir, c'est vrai.

D'ordinaire, il se levait toujours de bonne heure, mais depuis son accident c'était devenu pire. En effet, ses yeux s'ouvraient bien avant l'aube et il restait alors allongé dans son lit, reclus de fatigue mais incapable de se reposer.

Sauf ce matin. Pour la première fois depuis l'accident, et même depuis bien plus longtemps que cela, il s'était réveillé alors que le soleil brillait déjà dans le ciel.

Frais et dispos, et même détendu, il avait laissé Kate dormir, en envisageant d'abord d'appeler un taxi. Puis il avait été moins pressé de partir, redoutant de se retrouver confronté à tous les problèmes qui l'attendaient. C'est ainsi qu'il s'était retrouvé dans la cuisine de Kate, cherchant le café, et découvrant les factures empilées à côté du four. Et soudain, après s'être souvenu brusquement du panneau « A vendre » suspendu à la fenêtre, il avait trouvé la solution.

— Viens t'installer chez moi, déclara-t-il.

Kate écarquilla les yeux de surprise.

— Tu dois trouver un autre logement, non ? Eh bien, je vis dans une grande maison où tu pourras rester quelques mois. Qu'en dis-tu ?

— Ta proposition ne mérite aucun commentaire, fit-elle d'un ton péremptoire.

— Toi, Georgina…

Il hésita une seconde avant d'ajouter :

— … et le chien…

— Il s'appelle Bruce.

— Je vais bientôt à Londres, pour rencontrer Belenki, dit Alexeï. Nous avons beaucoup de choses à voir ensemble. Alors, en mon absence, toi et Georgina aurez la maison pour vous toutes seules. Et ensuite, je serai rarement chez moi…

Elle ne répondait toujours pas.

— Cela pourrait nous faciliter les choses à tous les deux.

— Peux-tu me dire précisément en quoi la présence chez toi d'une mère célibataire et de sa fille, accompagnées de leur chien, t'aiderait, Alexeï ? riposta-t-elle en lui tendant une tasse.

— Cela prouverait que je suis responsable. Les membres du conseil d'administration verraient que…

Il hésita un instant avant de poursuivre.

— J'ai repensé à ce que tu m'avais dit, concernant le conseil. Eh bien, montrons-leur que je m'installe, que je suis un homme sérieux.

— Que tu t'installes ? répéta-t-elle d'un ton neutre.

— Nous pourrions dire que nous sommes fiancés. Juste pendant quelques mois — jusqu'à ce que le conseil vote en ma faveur.

— Non, dit-elle d'un ton catégorique.

Alexeï ne se laissa pas décourager par son refus.

— Les membres du conseil d'administration croient…

— Jusqu'à présent, tu ne t'es jamais soucié de leur opinion.

— Je n'avais jamais eu besoin de le faire.

— C'est *non* ! répéta-t-elle, avec cette fois un rire incrédule.

— Evidemment, tu serais dédommagée.

Malgré elle, un rêve fou avait commencé à se développer insidieusement dans l'esprit de Kate. Un rêve fou ou un fantasme familier ? Celui auquel, parfois, elle s'abandonnait la nuit, lorsque l'inquiétude la tenait éveillée. Un fantasme dans lequel, par miracle, toutes les difficultés s'évanouissaient.

Mais la proposition d'Alexeï n'avait rien à voir avec le fait de gagner à la loterie, ou de recevoir, tombant du ciel, l'héritage d'un parent éloigné !

La somme qu'il lui proposa alors la laissa muette. Avec une rapidité stupéfiante, son cerveau évalua les répercussions que cet argent aurait sur son avenir si elle avait l'audace — ou la folie —, de dire *oui*.

— Non, dit de nouveau Kate, après avoir dégluti avec peine.

— Réfléchis.

Il s'approcha d'elle. Subitement, l'espace sembla se réduire autour de Kate, et elle se sentit prisonnière. Alexeï se pencha pour poser sa tasse derrière elle.

Alors, elle comprit qu'il était sérieux lorsqu'il lui faisait cette incroyable proposition. En outre, elle avait travaillé assez longtemps avec lui pour savoir qu'il ne faisait *jamais* de propositions à la légère. Et pour savoir qu'il obtenait *toujours* ce qu'il désirait.

— Je t'ai déjà donné ma réponse.

Elle ne se laisserait pas intimider, résolut-elle en prenant une gorgée de café, sans le regarder.

— Si je ne remporte pas la victoire contre ma mère,

si je n'arrête pas Belenki, alors je quitterai définitivement l'entreprise, dit-il.

A ces mots, elle eut l'impression de se tenir au bord d'un précipice.

— Tu ne quitteras jamais la Maison Kolovsky ! s'écria-t-elle.

— Tu te trompes, je pourrais partir du jour au lendemain.

— Elle représente toute ta vie.

— Ce n'est qu'une question de business.

Elle allait tomber d'un instant à l'autre…

Après le départ d'Alexeï, elle serait licenciée, cela ne faisait pas l'ombre d'un doute. Où pourrait-elle gagner le même salaire pour un nombre d'heures aussi réduit ?

— Et toi, tu trouveras sans doute un autre job, dit-il en souriant.

— C'est du chantage, chuchota-t-elle.

— Pas du tout ! protesta-t-il en secouant la tête. Avant de partir, je te donnerai des recommandations fabuleuses. Tu le sais, des références venant de Kolovsky ouvrent toutes les portes.

Peut-être, mais il était hors de question qu'elle travaille comme assistante à plein temps, de 8 heures à 19 heures, et qu'elle passe en plus la moitié de la nuit devant son ordinateur.

— Pour ma part, je t'offre la sécurité, reprit-il. Quoi qu'il arrive chez Kolovsky, ton avenir est assuré, et celui de Georgina…

— Comment cela, celui de Georgina ? le coupa-t-elle avec une soudaine colère.

Il lui proposait tout cela sans y avoir vraiment réfléchi !

Furieuse contre lui et contre elle-même, Kate voulut le contourner pour sortir de la cuisine, mais il lui prit le bras.

— Si j'acceptais, qu'est-ce que je dirais à ma fille ? « Au fait, je me suis fiancée, ma chérie, et nous allons nous installer chez Alexeï » ?

— Si elle te voit heureuse et détendue, elle se sentira bien.

— Et quand tout se terminera ? Qu'est-ce que je lui dirai ?

— Que les relations humaines ne fonctionnent pas toujours comme on l'espérait, répondit-il en haussant les épaules.

Alexeï resserra la main sur son bras et poursuivit d'un ton grave.

— Du moment que tout va bien pour toi, tout ira bien pour Georgina. Mais en effet, cela se terminera un jour. Tu as raison sur ce point. L'amour ne m'intéresse pas.

— De toute façon, tu ne risquerais pas de me briser le cœur, Alexeï, répliqua Kate d'une voix ferme.

Mais au fond d'elle-même, elle ne se sentait pas si courageuse. Voir Alexeï quelques heures par jour la perturbait déjà assez. Alors, vivre avec lui, dormir avec lui, être tout le temps avec lui, avec la certitude qu'elle allait le perdre…

— Je suis un bon amant, Kate.

— Oh ! je vois : le sexe fait partie du marché !

— Bien sûr, mais ce n'est pas obligatoire.

Tout en parlant, il écarta les pans du peignoir de Kate, dénudant sa poitrine. Il l'attira légèrement vers lui, mais sans que leurs corps ne soient en contact. A son grand dam, elle senti ses tétons se durcir sous son regard avide.

— Qu'y a-t-il ? chuchota-t-il. Tu voudrais que je te propose de partager ma maison sans que nous nous touchions ? Que nous nous privions d'un plaisir si grand ?

Avec une douceur exquise, il caressa légèrement ses mamelons.

— Ta proposition est absurde ! répliqua Kate en repoussant brusquement sa main.

Mais il ne tint absolument pas compte de sa protestation.

— Nous nous entendons bien au lit, Kate, et je suis un

bon amant, continua-t-il en jouant avec la ceinture de son peignoir. Je te rendrai heureuse, mais il faut simplement que tu saches que cela ne pourra pas durer.

— Tu n'as pas entendu ce que je t'ai dit ?

Il se contenta de lui adresser un sourire un peu moqueur, avant de froncer les sourcils.

— Tu prends la pilule, n'est-ce pas ?

— Si tu crois que…

— Je vais parfaitement bien, Kate, poursuivit-il. Cela m'a été confirmé à l'hôpital. Mais je le savais déjà : j'utilise toujours des préservatifs.

— Il n'y a eu personne depuis l'hôpital ?

— Eh bien, non.

Il parut aussi surpris que Kate par ce constat. Puis il lui adressa un sourire irrésistible.

— Nous pourrions nous prêter au jeu de la monogamie…

— Tu peux jouer à tes petits jeux sans moi, rétorqua-t-elle.

Kate voulut s'écarter, mais il l'en empêcha en lui prenant la taille.

— Qu'y a-t-il de mal à cela ? Je suis bon joueur…

Mais subitement, il changea de tactique.

— Très bien. Ne change rien à ta façon de vivre, Kate, reprit-il en laissant retomber ses mains. Vas-y, passe ton week-end à chercher un logement dont le propriétaire accepte les animaux domestiques. Et cherche un autre job, parce qu'au train où vont les choses, je ne ferai pas long feu chez Kolovsky.

Les jambes tremblantes, Kate s'assit.

— Et n'oublie pas non plus de chercher une école pour Georgina, ajouta-t-il avec un sourire cynique. Sauf que tu as déjà trouvé celle qui lui convient, n'est-ce pas ?

Il la regarda droit dans les yeux.

— Ma proposition est toujours valable, Kate. Tu peux avoir tout ce que tu veux pour toi et ta fille.

— Tu me harcèles !

— En quoi ? Je ne te demande pas de réponse maintenant. Tu me la donneras après le week-end.

Pour l'avoir vu travailler, Kate savait comment Alexeï fonctionnait, mais jusqu'à présent, elle n'avait jamais fait les frais de son habileté redoutable. Et lorsqu'il la prit dans ses bras et l'embrassa, il le fit avec une telle ardeur qu'elle se retrouva incapable de penser.

Puis il fit glisser les mains sur tout son corps, entre ses cuisses.

Elle aurait dû prévoir qu'il choisirait ensuite cette arme.

Il la caressait avec une habileté diabolique, et c'était si délicieux qu'elle ne songeait même plus à lui échapper. De son autre main, il fit descendre la fermeture de son pantalon.

Que lui faisait cet homme ? Entre ses mains expertes, Kate fondait littéralement. Elle, si forte et indépendante, elle devenait faible et avide de plaisir, insatiable, et cette ivresse était exquise.

— Ote ce peignoir, murmura-t-il d'une voix rauque.

Alexeï désirait la voir nue. Jusqu'à présent, il n'avait qu'*entrevu* son corps, à présent il voulait le voir, le savourer, tout entier.

Il inclina la tête lorsqu'elle fut entièrement dévêtue, et titilla ses tétons du bout de la langue. Elle frissonna longuement.

A partir de cet instant, il fut perdu.

Pour Alexeï, le sexe avait toujours représenté une échappatoire, mais ce qui se passait avec Kate était différent.

Elle gémissait, tandis qu'il goûtait la douceur de ses seins avec sa bouche. La femme sensuelle qu'elle devenait entre ses bras le ravissait. Il se trouvait dans un univers exempt de souffrance, loin de la confusion abyssale qui régnait d'ordinaire en lui, autour de lui…

— Oh ! Alexeï…

C'était peut-être le sevrage de médicaments qui avait réveillé sa libido, songea Alexeï. Car ce ne pouvait pas être Kate. Et pourtant… Jamais il n'aurait pu envisager de pénétrer une femme sans protection, mais avec elle, il savourait cette idée.

— Alexeï…, répéta Kate dans un souffle.

Il savait comment satisfaire les femmes. Il savait interpréter les gémissements, le changement de rythme dans la respiration de ses maîtresses, et ç'avait toujours été avec un sourire invisible qu'il les avait emportées dans l'extase. Mais cette fois, il n'était plus question de technique. Cette fois, il était aussi excité que sa partenaire.

Il sentit monter l'orgasme de Kate tandis qu'il continuait à la caresser, de plus en plus vite pour la faire jouir. Il entendit son plaisir, le goûta, en perçut les vibrations sur ses lèvres. Et cette fois, il n'eut aucun sourire de triomphe. Il n'éprouva qu'une satisfaction *pure*. Le plaisir de Kate fut le sien, jusqu'à ce qu'il se sente envahi par l'envie irrépressible de la posséder.

Alors il libéra son sexe, si dur qu'il lui faisait mal.

Kate frissonna de plaisir en voyant son érection.

Il était prêt pour elle. Lui, son patron, son fantasme, et maintenant son amant… Alexeï. Il était si beau… Doucement, elle passa un doigt sur le bout de son sexe, avant de le sentir frissonner.

Pourquoi ne se sentait-elle pas embarrassée, sous l'ardeur de ce regard dardé sur elle ? Parce qu'elle était certaine d'une chose : il ne simulait pas, il aimait son corps, il avait envie d'elle…

Lorsqu'il la caressa lentement entre les cuisses avec son sexe, elle tressaillit. Il continua ses caresses, encore et encore, lui donnant un aperçu de la volupté qu'elle allait connaître, exacerbant son excitation.

— S'il te plaît… Maintenant…

— Tout ceci peut être à toi, dit-il d'une voix rauque.

Kate se raidit.

Comment avait-elle pu oublier qu'il était un implacable négociateur ? Qu'il obtenait toujours ce qu'il désirait ?

Alexeï dut faire un effort surhumain pour s'écarter d'elle, et fermer son pantalon. Mais il avait l'habitude de se montrer impitoyable pour arriver à ses fins, depuis longtemps. Et il savait parfaitement ce qu'il voulait.

— Espèce de salaud ! s'écria-t-elle.

Il se contenta de hausser les épaules.

— Donne-moi ta réponse lundi.

A cet instant, le téléphone fixe sonna. Si elle n'avait pas su que l'appel provenait de sa sœur, Kate n'aurait pas répondu. Elle se sentait trop en colère, trop honteuse…

Elle décrocha et parla quelques minutes avec sa sœur.

— C'est Georgina, déclara-t-elle d'une voix tremblante en raccrochant.

— Elle a fait pipi au lit cette nuit, elle est en larmes. Elle ne m'avait rien dit pour ne pas m'inquiéter…

— A quel propos ? demanda Alexeï, sourcils froncés.

— Elle subit du harcèlement de la part de ses camarades.

Désespérée, elle secoua la tête.

— Je pensais qu'elle n'était pas à sa place dans cette école, expliqua-t-elle d'une voix tremblante. Et que les autres enfants étaient parfois un peu méchants avec elle. Mais ils la pincent, lui cachent ses lunettes… Ils ont été jusqu'à jeter son déjeuner dans le bac à sable. Ils l'insultent. Elle a tout raconté à ma sœur. Elle ne voulait pas m'en parler parce qu'elle pense que je ne peux rien y changer…

Dès qu'il s'agissait de la petite Georgina, Alexeï se donnait toujours la peine d'écouter, même si son emploi du temps était ultrachargé. Mais cette fois, il se ferma délibérément aux paroles de Kate.

Il tapota les poches de sa veste, avant de se souvenir qu'il avait jeté son mobile.

— J'ai besoin de téléphoner, annonça-t-il.

— C'est tout ce que tu trouves à dire ? demanda Kate, horriblement blessée par sa réaction.

— Je pourrais dire toutes sortes de choses…

Puis il sortit son carnet de chèques de sa poche, l'ouvrit et inscrivit rapidement un montant, avant de signer.

— … mais tu connais déjà ma réponse, reprit-il en posant le chèque sur la table.

En effet, Kate la connaissait.

Quelle mère ne se sacrifierait pas pour sa fille ? se demanda-t-elle en essayant de se déculpabiliser. Il existait toutes sortes de raisons pour céder à Alexeï…

Et soudain, ses yeux se décillèrent. Ce ne fut qu'à cet instant que Kate regarda en face la vérité qu'elle essayait de se cacher depuis des années.

Lâchement, elle s'était toujours dit qu'elle ne fréquentait aucun homme à cause de Georgina. Mais la véritable cause de son isolement avait été tout autre…

Depuis le jour où Alexeï Kolovsky avait posé un regard perplexe sur son ventre, cinq ans plus tôt, elle avait été attirée par lui. Depuis l'instant où il était apparu à la maternité, faisant disparaître les regards de pitié dirigés sur elle et son bébé, elle avait senti fondre son cœur pour lui.

Et ensuite…

Pendant quelques secondes, elle le regarda dans les yeux. Ceux-ci étaient gris et ombrageux, comme un ciel où se préparait un orage. Elle vit la beauté et le danger qu'ils recelaient, ainsi que l'étrange attraction qui l'avait toujours submergée.

Puis elle regarda cette bouche sensuelle qui embrassait

et savait aussi dire de dures paroles, celle de l'homme superbe qu'était Alexeï, qui lui proposait de vivre auprès de lui — avec l'interdiction de l'aimer.

Cette interdiction venait trop tard. Cinq ans trop tard.

6.

— Je n'aurai pas à y retourner ? demanda Georgina, avec une immense lueur d'espoir au fond des yeux.

Après le départ d'Alexeï, Kate s'était rendue chez sa sœur Julie qui vivait à la campagne, à deux heures de route de chez elle. Là, elle avait annoncé la nouvelle à sa fille.

— Non, tu n'iras plus.

— Plus jamais ?

Ce fut un tel soulagement de l'en assurer ! En revanche, lui parler d'Alexeï fut plus délicat. Et lorsque Georgina se montra si ravie, si heureuse à la perspective de vivre chez lui, Kate eut du mal à soutenir le regard de sa sœur.

— C'est inespéré ! s'exclama celle-ci en souriant lorsque Kate la rejoignit plus tard dans la cuisine. Je suis tellement contente pour toi !

— Ce n'est que le début.

— Tu es fiancée ! poursuivie Julie en la serrant dans ses bras. Après tout ce que tu as traversé, je suis si contente de te voir heureuse.

Sa sœur s'écarta d'elle et lui sourit avec chaleur.

— Maintenant, va-t'en. Nous garderons Georgina pendant que tu t'occupes de tous ces changements.

Julie était loin de soupçonner tout ce que ces changements impliquaient, songea sombrement Kate.

*
* *

— Entre.

Vêtu d'un jean et d'un T-shirt noirs, les cheveux mouillés, les joues ombrées d'une barbe naissante, Alexeï était plus beau que jamais.

— Comment Georgina a-t-elle accueilli la nouvelle ? demanda-t-il tandis que Kate s'avançait dans le hall.

— Elle est ravie, répondit-elle en s'efforçant de ne pas laisser paraître sa tristesse.

Cette situation était si différente de ce qu'elle aurait *réellement* désiré.

— Viens, je vais te faire visiter la maison.

Alexeï vivait hors de Melbourne, ce qui avait toujours surpris Kate. Un célibataire aussi fortuné aurait plutôt dû posséder un immense appartement avec terrasse, avec de superbes vues sur la ville, non ? Pourtant, il préférait aller à l'hôtel quand il avait besoin de rester à proximité du bureau — ou quand il passait la nuit avec une femme, songea-t-elle avec amertume.

La maison était splendide, constata-t-elle en le suivant dans les différentes pièces, meublées avec goût. Les planchers étaient tous en jarrah, remarqua-t-elle, ce bois d'eucalyptus typiquement australien, d'un beau rouge foncé. Elle contempla les profonds sofas blancs et les précieuses œuvres d'art contemporain — rien de tout cela n'avait été conçu pour un enfant de cinq ans !

Chaque pièce offrait une vue sur la baie, et depuis l'immense terrasse, Kate découvrit une vaste piscine et des courts de tennis. La plage se situait à quelques pas.

— Notre chambre, dit-il négligemment en ouvrant une porte.

Les joues en feu, Kate regarda le lit immense qui occupait le centre de la pièce.

— Le dressing est à ta disposition…

Ce n'était certes pas ce genre de détail qui la préoccupait !

Elle jeta un coup d'œil dans la salle de bains attenante à la chambre : un spa, une douche double… L'espace d'un instant, elle entrevit le monde intime de l'homme dont elle allait partager la maison, la chambre, le lit… Kate remarqua les flacons de verre posés à côté d'un assortiment de brosses, soigneusement alignées dans le sanctuaire où il se préparait chaque matin.

Une sorte de vertige lui monta à la tête à la pensée que, dorénavant, elle allait *vraiment* partager cet univers avec lui. Mais au lieu de se laisser effrayer par l'abîme qui s'ouvrait soudain devant elle, elle revint dans la chambre et se dirigea vers la large porte-fenêtre ouverte.

— La vue est stupéfiante. Nages-tu dans la baie ?

Port Philipp Bay s'étendait en fer à cheval entre Queenscliff d'un côté et les hauts immeubles de Melbourne de l'autre. La maison d'Alexeï se trouvait entre les deux.

— Je préfère la piscine, dit-il en jetant un bref coup d'œil à la vue. Mais quand il y a de l'orage, ce doit être pas mal.

— C'est fantastique, même maintenant ! protesta Kate.

Il se contenta de hausser les épaules.

— Tu t'habitueras.

Elle ne s'y habituerait jamais. Même après le week-end, même après que sa fille eut été inscrite dans sa nouvelle école ; même après son retour au bureau le mardi, elle ne parvenait pas encore à s'habituer à quoi que ce soit.

Mais elle n'était pas la seule.

— Kate ! Kate ?

Elle saisit parfaitement la nuance incrédule dans la voix de Nina et, encore pire, son rire à peine contenu. La porte du bureau d'Alexeï était légèrement entrouverte, mais, si elle avait été fermée, elle aurait laissé filtrer le fiel contenu dans ses paroles…

— Franchement, Alexeï, je ne te comprends pas : crois-tu vraiment qu'en te fiançant avec cette fille quelconque, flanquée d'une enfant illégitime, tu vas convaincre le conseil d'administration que tu as sérieusement l'intention de préserver l'image de marque de la maison ?

Alexeï devait s'être dirigé vers la porte pour la fermer, devina Kate, car elle entendit Nina déclarer :

— Non ! Si elle doit vraiment faire partie de notre famille, Alexeï, autant qu'elle m'entende. Alors que tu pourrais avoir les plus belles femmes du monde, il a fallu que tu la choisisses, *elle* ! Les médecins sont-ils vraiment sûrs que ton cerveau n'a pas gardé des séquelles de ton accident ?

Alexeï haïssait sa mère depuis des années. Cependant, sa haine ne se manifestait jamais de façon ouverte, plutôt par un total désintérêt. Nina lui importait peu — et il avait de bonnes raisons pour cela. A tel point qu'il aurait peut-être dû quitter la maison après la mort de son père. Mais il était resté et, après le départ de Levander, il avait relevé le défi et pris le contrôle de la Maison Kolovsky.

Car il aimait le pouvoir, la vie trépidante.

Ou du moins *avait-il aimé* cela. Au fond, si son cerveau avait subi des dommages dans cet accident, il en était presque heureux. Car aujourd'hui, il avait la sensation d'être plus lucide. De plus en plus.

La bague de fiançailles était au doigt de Kate ; les affaires de la jeune femme et celles de sa fille avaient été transportées chez lui ; Kate irait bientôt récupérer Georgina, et cette dernière irait dans sa nouvelle école.

La presse serait bientôt informée, mais avant cela, il avait dû annoncer la nouvelle à sa mère — c'était bien ainsi qu'on procédait dans les familles normales, non ?

— Le conseil ne gobera jamais cela, fit Nina d'un ton méprisant.

— Je ne me fiance pas pour le conseil, répliqua Alexeï

en s'appuyant au dossier de son fauteuil. Mais pour moi. Depuis mon accident, je me suis rendu compte à quel point Kate…

— Oh ! je t'en prie ! l'interrompit sa mère avec impatience. *Toi*, prêt à prendre en charge l'enfant d'un autre homme ? A devenir père ?

Elle éclata de rire en rejetant la tête en arrière.

— Combien la paies-tu ? Mais c'est vrai qu'elle doit se contenter de peu ! Partager ton lit doit lui suffire, et…

Où était passé son calme habituel face à sa mère ? Furieux, il se leva de son fauteuil et se dirigea droit vers elle. Et quand il plongea son regard dans ses yeux bleu clair, la colère qu'il enfouissait d'habitude profondément en lui jaillit à la surface.

— Quand j'ai eu mon accident, commença-t-il lentement, elle est venue me voir chaque jour à l'hôpital.

— Parce que tu la payais pour cela !

— Quand j'étais aux Antilles, elle m'appelait. Elle…

— Bien sûr, parce que, comme toutes les femmes de Melbourne, elle est folle de toi, l'interrompit Nina d'une voix dure. Tu n'as pas besoin de te fiancer à la plus insipide des filles. Tu veux vraiment me faire croire que sa gamine aussi va s'installer chez toi ? Que cette femme va…

— Quand je regarde Kate avec sa fille, la coupa-t-il en haussant légèrement le ton, je vois, pour la première fois de ma vie, comment une mère *doit* se comporter. Je vois comment des parents dignes de ce nom doivent s'occuper de leurs enfants.

Puis il se tut. Il regarda sa mère jusqu'à ce que, de plus en plus nerveuse, celle-ci batte des paupières.

Alors, il regagna son bureau.

— Si elle compte tellement pour toi, reprit Nina d'une voix moins assurée, pourquoi agis-tu ainsi ? La presse va la broyer, tu le sais.

— Kate saura y faire face.

Mais Alexeï n'en était pas aussi certain. Et la culpabilité l'assaillit. Lui-même était habitué aux incursions des médias dans sa vie privée, et les femmes qu'il fréquentait habituellement étaient ravies de la moindre publicité — mais comment réagirait Kate ?

— Et la petite ? insista Nina, avec un sourire de triomphe.

Apparemment, elle était ravie d'avoir deviné une faiblesse chez son fils, même s'il la dissimulait.

— Evidemment, poursuivit-elle, si tu es amoureux, si c'est vraiment ce que tu désires, alors tu as raison. Mais exposer une enfant innocente à ces rapaces… Eh bien, j'espère que tu es sûr de tes sentiments envers elles deux. Enfin, je suppose que tu sais ce que tu fais, Alexeï… Bien, as-tu les chiffres de Krasavitsa ?

Il y eut un long silence, interminable.

— N'essaie pas de me berner, Alexeï. Tu m'as assuré que je les aurais avant la réunion…

— Bientôt.

— Les as-tu ?

— Bien sûr.

Sans un regard pour sa mère, Alexeï sortit de son bureau et vint vers Kate.

Il était très pâle, nota-t-elle, et elle fut soulagée qu'il ait refermé la porte derrière lui.

— Je suis sûr que tu as tout entendu, dit-il.

— Je ne vois pas comment j'aurais pu faire autrement, répliqua-t-elle d'un ton ironique.

Elle le regarda droit dans les yeux.

— Promets-moi une chose. Ne dis jamais à personne que tout ceci est une comédie.

— Je n'en parlerai à personne, affirma-t-il d'un air sincère.

— Jure-le, Alexeï, insista Kate. Je fais tout ça pour le bien-être de ma fille, mais elle ne doit *jamais* le savoir.

— Juré. Nous sommes tombés amoureux, ne l'oublie pas. Et quand le moment viendra, nous dirons que nous ne le sommes plus. Que mon accident m'avait rendu sentimental…

Lorsqu'il lui adressa un sourire destiné à la rassurer, Kate fut incapable de le lui rendre.

— Nous reparlerons de cela plus tard, reprit-il. Pour l'instant, j'ai besoin des chiffres de Krasavitsa…

— Les voici, l'interrompit Kate en appuyant sur une touche du clavier. Mais il faut que tu y jettes un coup d'œil.

L'imprimante se mit en marche.

— J'ai besoin des vrais chiffres. Pas…

— Je les ai préparés pour toi.

L'espace d'un instant, il plissa le front, puis prit les feuillets qu'elle lui tendait et étudia les chiffres.

— Tu ne t'en souviens pas, n'est-ce pas ? demanda Kate en fronçant les sourcils à son tour.

Il ne répondit pas.

— Alexeï, tu ne te souviens pas qu'elle les avait déjà demandés…

— Chut, dit-il.

Mais Kate ne se laisserait pas intimider. Il y avait trop de choses qu'il oubliait, trop de petits détails qui ne pouvaient plus se laisser ignorer.

— Bon, je vais rentrer, dit-elle en se levant. Je veux surveiller le travail des déménageurs.

— Quand seras-tu de retour ?

— Dois-je vraiment revenir au bureau ? demanda-t-elle en ouvrant de grands yeux. Je suis supposée être ta fiancée.

— Tu sais bien que j'ai besoin de toi ici.

— Au fait, Alexeï, il faut que tu te fasses couper les cheveux.

— Je n'ai pas le temps.

— Tous les quinze jours, disais-tu, sans aucune exception…

— Eh bien, maintenant, je les préfère plus longs.

— Et depuis quand, reprit Kate en se dirigeant vers lui pour lui prendre la main, te coupes-tu les ongles toi-même ?

Il retira vivement sa main.

— Ils ne doivent pas savoir, murmura soudain Alexeï. Ni le conseil, ni ma mère…

— Elle le saura bientôt, dit calmement Kate.

— Elle ne doit *rien* savoir.

— Qu'est-ce qui ne va pas, Alexeï ?

Comment avait-il pu se laisser aller ainsi ? Alexeï se détestait d'avoir ainsi cédé à un moment de faiblesse. Comment avait-il pu reconnaître devant Kate…

A cet instant, la porte s'ouvrit brusquement sur Nina

— J'ai besoin de ces chiffres, dit-elle sèchement à son fils. A supposer, bien sûr, que tu les aies.

Lorsque, un bref instant, le regard de Nina croisa le sien, Kate fut soudain certaine qu'elle avait deviné qu'Alexeï n'avait pas recouvré toutes ses facultés.

— Les voici, déclara-t-il en lui tendant les documents.

— Tu n'as pas paraphé, lui fit remarquer Nina. Je n'ai pas l'intention de travailler avec des chiffres que tu n'aurais pas approuvés.

Alexeï prit un stylo et apposa ses initiales sur les feuillets.

Nina se tourna alors vers Kate avec un sourire froid.

— Ce soir, nous dînons ensemble, pour célébrer la nouvelle.

— Georgina va passer sa première nuit dans sa nouvelle maison, répliqua Kate. Je n'ai vraiment pas envie de l'emmener dîner à l'extérieur.

— Il n'est pas question que vous l'ameniez avec vous !

Puis elle prit les documents des mains de son fils avant de s'en aller la tête haute, sans ajouter un mot.

— Cela devrait la calmer pour un moment, dit Alexeï quand ils furent seuls.

— Heureusement qu'ils étaient prêts, répliqua Kate.

Mais elle était loin d'être tranquille. Et la pensée que Georgina allait passer la soirée sans elle, avec sa nouvelle gouvernante, lui déplaisait fortement.

Ce n'était que maintenant qu'elle entrevoyait les implications de sa nouvelle vie…

7.

— Tout ira très bien, soupira Alexeï.

C'était la troisième fois que Kate lui demandait s'ils étaient vraiment obligés de sortir.

De son côté, Georgina n'avait pas du tout l'air de se soucier de leur absence.

— Vous allez vous marier ? avait demandé la petite fille, lorsque Kate lui avait fait visiter la maison.

— Voyons déjà comment nous nous entendons.

— Mais, il t'a acheté une bague, avait-elle insisté en contemplant l'émeraude qui ornait le doigt de Kate. Alors ça veut dire que vous allez vous marier.

Comment Kate aurait-elle pu expliquer à une petite fille de cinq ans qu'il s'agissait d'une sorte de contrat passé entre Alexeï et elle plutôt que de fiançailles romantiques ? Aussi était-elle restée silencieuse. Puis Georgina était partie jouer au tennis avec Sophie, sa nouvelle gouvernante, éclatant de rire chaque fois qu'elle réussissait à renvoyer la balle.

Pendant ce temps, Kate se préparait pour cette soirée avec la famille Kolovsky, alors qu'elle n'avait pas la moindre envie de sortir — et encore moins avec eux.

Soudain, Alexeï poussa un juron tandis qu'il échouait dans sa nouvelle tentative pour nouer sa cravate.

— Tu veux que je t'aide ? demanda-t-elle.

— Je n'ai pas besoin d'aide, répondit-il entre ses dents.

Kate fronça les sourcils. Elle savait qu'il souffrait.

Depuis la nuit où il était venu chez elle, il n'avait pas pris un seul antalgique. D'autre part, depuis sa dispute avec Nina, son humeur s'était terriblement assombrie.

Quand, après avoir enfilé sa robe, elle fit remonter la fermeture Eclair, il se tourna vers elle d'un air mécontent.

— Tu ne peux pas porter ça.

— Pardon ?

— Tu l'as déjà portée l'année dernière, pour la soirée organisée au moment de Noël. Je m'en souviens, parce que l'étiquette sortait sur ta nuque — comme elle le fait de nouveau maintenant. Si tu étais ma vraie fiancée, tu ne t'habillerais pas comme ça.

— Et ta *vraie fiancée* n'aurait bien sûr pas mes rondeurs, riposta aussitôt Kate, mortellement blessée, en détachant l'étiquette. Je dois avoir oublié de déballer la garde-robe créée spécialement pour moi par mon styliste attitré.

— Avec ce que je t'ai donné, tu as de quoi t'occuper de ça, il me semble…

Puis il plissa les paupières.

— Tu veux garder tout l'argent ?

— Non ! Je ne trouve pas correct d'encaisser ce chèque…

— Alors, tu fais ceci pour rien ? demanda-t-il en la regardant d'un air furieux. Tu es ici par bonté pure ?

Elle l'avait souvent vu réagir ainsi, dans le travail, mais jusqu'à aujourd'hui, jamais ses éclats n'avaient été dirigés contre elle.

— Demain, Nikita te choisira une garde-robe, poursuivit-il. Tu la connais, c'est la chef styliste de la maison.

L'air de plus en plus exaspéré, il regarda la façon dont elle plaçait les pinces dans ses cheveux.

— Pourquoi n'es-tu pas allée te faire coiffer ? Tu sais comment faire, non ?

Oui, effectivement. Pour les autres, Kate s'occupait souvent des rendez-vous chez le coiffeur, l'esthéticienne, au spa… Elle aurait adoré organiser tout cela pour elle-même, sauf que, jusqu'à présent, elle n'en avait jamais eu le temps.

De plus en plus impatient, Alexeï la regarda se maquiller. Il avait enfin réussi à nouer sa cravate.

Il essaya de ne pas penser au fait qu'il emmenait la jeune femme dans la fosse aux lions. Toute la presse serait là — Nina y aurait veillé, aucun doute là-dessus —, et Kate, avec sa robe de prêt-à-porter et sa coiffure improvisée, allait provoquer une véritable tourmente médiatique.

— Un peu d'encouragement me ferait du bien, dit-elle en le foudroyant du regard.

Puis elle fourra son bâton de rouge à lèvres dans son sac.

Très contrarié, Alexeï la regarda plus tard embrasser Georgina en lui laissant le numéro du restaurant, avant de répéter à Sophie qu'ils seraient de retour bien avant minuit.

Jusqu'à présent, ce genre de détail n'avait jamais existé pour lui.

Lorsque le chauffeur se gara devant le restaurant, Kate sentait la tension émaner d'Alexeï. Son attitude ne la surprenait pas vraiment. Après tout, elle avait organisé plusieurs sorties du même style, du temps de Levander, puis en tant qu'assistante d'Alexeï, et aucun des deux n'avait jamais montré d'enthousiasme à l'idée de dîner en famille.

Mais quand elle vit la foule de photographes attendant leur arrivée, une appréhension atroce la gagna soudain. Pour elle et Alexeï, il ne s'agissait que d'une comédie, mais ce soir, et durant les prochains mois, cette situation serait *réelle* pour tous les autres.

A cet instant, il lui prit la main et se pencha vers elle.

— Tout va bien se passer, dit-il en lui repoussant délicatement une mèche de sa joue. Tu es superbe…

Puis il l'embrassa, mais son baiser eut presque un goût amer. Car Kate n'était pas assez stupide pour croire les paroles qu'il venait de lui adresser pour la rassurer. Par ailleurs, ses gestes tendres étaient destinés aux flashes qui crépitaient derrière les vitres, non pas à elle.

— J'aurais préféré que tu me dises cela avant de partir…

Puis elle lui sourit, elle aussi pour les photographes.

— Je le pensais, dit-il sans ciller en lui caressant les cheveux. Et maintenant, je le dis.

Quand ils sortirent du véhicule, Kate lui fut reconnaissante lorsqu'il passa un bras autour de ses épaules, tandis qu'ils parcouraient les quelques mètres les séparant de l'entrée du restaurant.

Kate n'aimait pas qu'on la prenne en photo, même quand elle se sentait au mieux de sa forme, mais lorsque la voiture de Nina arriva et se gara au bord du trottoir, elle frémit. Elle allait devoir accueillir sa prétendue future belle-mère sous les regards avides de la presse.

— Je comprends pourquoi tu m'as fait attendre un peu avant de sortir de la voiture. Tu voulais qu'on nous voit avec ta mère…

Puis elle se tourna vers lui et lui chuchota à l'oreille.

— S'il te plaît, rappelle-moi de ne jamais plus croire une seule de tes paroles ni un seul de tes actes.

Pour la première fois depuis très longtemps, Alexeï éclata de rire. Pas pour duper la galerie. En fait, rire lui sembla soudain terriblement rafraîchissant. Curieusement, il était par ailleurs fier de sa fiancée factice, qui faisait à présent face à Nina avec un aplomb dont peu de femmes auraient été capables à sa place.

— Kate, ma chère ! s'exclama Nina, avec une chaleur admirablement feinte.

Kate joua le jeu, acceptant qu'elle l'embrasse du

bout des lèvres, puis lui laissant prendre son bras pour l'entraîner à l'intérieur du restaurant.

Elle allait enfin pouvoir respirer, songea Kate. Sauf que le serveur, au lieu de les emmener dans un endroit intime, situé à l'écart, leur fit faire demi-tour et les conduisit en terrasse.

— Il fait si bon, ce soir, dit Nina en souriant, que j'ai pensé que nous pourrions dîner dehors.

Elle se tourna vers Kate.

— Ne soyez pas intimidée, reprit-elle d'un ton badin. Ce ne sont que des photographes : le monde entier veut voir les jeunes fiancés…

Nina avait bien réussi son coup. Quelques tantes d'Alexeï étaient présentes, déjà attablées, en compagnie de Josef et de sa femme, Annie, et de la ravissante fille des Kolovsky, Annika, accompagnée de Ross, son superbe mari.

Kate frissonna lorsqu'elle les vit tous absorbés dans la lecture du menu, parlant librement, en dépit de la foule qui les entourait. Ross tenait tendrement la main de sa femme, remarqua-t-elle avec un pincement au cœur.

L'amour véritable ne pouvait pas être simulé, songea-t-elle avec un assaut de panique. De plus, Nina attendait qu'elle commette un impair, elle en était certaine.

— Qu'est-ce qui ne va pas, Kate ? demanda abruptement celle-ci. Vous semblez mal à l'aise.

A ce rythme, elle ne tiendrait pas longtemps, comprit soudain Kate. Si elle voulait que cette comédie fonctionne, elle devait être elle-même.

— Je suis mal à l'aise, dit-elle.

Toute la tablée se tut.

— Que voulez-vous, reprit-elle en souriant à Nina. Une fille quelconque n'a pas l'habitude de dîner sous les objectifs…

Le visage de Nina s'altéra pendant une seconde, et

Kate eut le plaisir d'entendre de nouveau Alexeï éclater de rire. En même temps, sa main serra la sienne tandis qu'il disait à sa mère :

— Comprends-tu maintenant pourquoi je l'aime ?

Les autres convives n'avaient bien sûr pas pu comprendre l'allusion, mais visiblement le désarroi de Nina les avait tous enchantés, remarqua Kate.

Quant aux paroles d'Alexeï à sa mère, elle savait très bien qu'il ne s'agissait que d'une boutade, car, bien sûr, il ne l'aimait pas. Mais à présent qu'elle avait cessé d'essayer de faire croire qu'elle était une autre, elle pouvait apprécier la soirée et la compagnie des autres qui, à l'exception de Nina, semblaient eux aussi plus détendus.

Alexeï avait redouté cette soirée. Bien sûr, il s'en mordrait sans doute les doigts demain matin, quand il prendrait connaissance des articles ridiculisant Kate. Mais à sa grande surprise, il passa une soirée des plus divertissantes — ce qui ne lui était jamais arrivé en famille.

Evidemment, sa mère était plus irritante et plus mordante que jamais, mais il était très fier de la façon dont Kate avait réagi à ses attaques… Elle n'avait pas besoin de chercher à impressionner quiconque, constatait-il. En effet, elle possédait une assurance et une force de caractère qui le stupéfiaient et le ravissaient.

Même Annika semblait détendue.

— J'ai appris que tu allais au Royaume-Uni, dit soudain Nina en se tournant vers lui. Pour rencontrer Belenki.

— Je n'y vais pas que pour cela, répliqua-t-il, sans même regarder sa mère. J'aimerais aussi faire la connaissance de Riminic, mon nouveau neveu…

Cette fois, il observa le visage de sa mère : soudain très pâle, elle prit son verre d'eau d'une main nerveuse.

— Il s'appelle Dimitri, dit-elle d'une voix étranglée.

— En effet. Je me suis trompé. Et toi, envisages-tu d'aller voir ton petit-fils ? A moins qu'un enfant sorti de l'orphelinat ne compte pas pour toi ?

Nina semblait avoir beaucoup de mal à afficher son sourire habituel, tandis que les autres convives restaient figés sur leur chaise.

— Il est encore trop tôt. Levander et Millie ont dit que pour l'instant il fallait le laisser un peu tranquille.

— On ne pourra jamais te reprocher d'être une grand-mère trop envahissante…

— Alexeï est subitement devenu un expert en matière d'enfants, fit Nina en souriant à la tablée. La prochaine fois, tu devrais amener la fille de Kate. Nous serions tous ravis de faire sa connaissance.

Un silence de mort s'installa.

— Vous avez un enfant ? demanda enfin Ross en souriant gentiment à Kate.

— Oui, elle s'appelle Georgina, répondit Kate.

— Quel âge a-t-elle ? fit alors Annika.

— Elle va bientôt avoir cinq ans.

— Le bel âge, répliqua Nina avec un sourire faux. Elle doit être folle de joie que sa maman se soit fiancée — quelle petite fille ne rêverait pas d'être demoiselle d'honneur ?

— Alexeï…, commença Annika en se levant.

Elle et Ross s'apprêtaient à partir.

— Je peux te dire un mot ?

De toute la famille, c'était d'elle qu'Alexeï se sentait le plus proche. Il savait ce que sa sœur avait enduré, connaissait les espoirs qui avaient pesé sur ses faibles épaules, et à quel point cela avait dû être difficile pour elle de s'affirmer devant — ou plutôt *contre* — ses parents.

A la grande horreur de Nina, elle terminait en effet ses études d'infirmière, et envisageait de se spécialiser dans les soins aux personnes âgées. Hors des griffes familiales et dans les bras de Ross, elle s'épanouissait de jour en jour.

— Bien sûr.

L'air mal à l'aise, sa sœur regarda Ross un instant, avant que celui-ci ne détourne les yeux. Alexeï sentit alors la colère l'envahir.

Il avait tant redouté ce jour.

Après son accident, Ross, médecin, avait vu ses radios, où apparaissaient ses anciennes blessures. Et, dans un moment de faiblesse, Alexeï lui avait confié qu'autrefois il avait été battu.

Visiblement impressionné, Ross avait promis de ne jamais en parler à personne.

— Ross n'avait pas le droit ! protesta Alexeï, dès qu'ils furent hors de portée. Je me fiche qu'il soit ton mari, je…

— De quoi parles-tu ? l'interrompit Annika d'un air perplexe. Il est juste inquiet, comme moi, que Kate ait un enfant.

— Georgina est une petite fille extraordinaire, dit Alexeï, en proie à un soulagement inouï.

Il se reprocha d'avoir réagi aussi vivement.

— Quand maman m'a appelée, reprit sa sœur, elle m'a dit que tu te livrais à une opération médiatique, et que nous devions jouer le jeu aux yeux du public et de la presse. Ecoute, je comprends que tu aies besoin de convaincre le conseil d'administration, et j'ignore ce que maman a en tête en te soutenant ainsi…

— Ne t'inquiète pas pour Kate et moi…

— Je ne m'inquiète pas pour vous, dit-elle en le regardant en face. Je trouve même Kate très sympathique. Si vous êtes réellement fiancés, je suis vraiment ravie pour toi. Mais si…

— Kate et moi travaillons ensemble depuis longtemps, l'interrompit Alexeï. Mais ce n'est qu'après mon accident…

— Garde ça pour la presse, l'arrêta Annika, manifestement peu convaincue. Ce que je veux dire, c'est que, si tu agis ainsi seulement pour rassurer le conseil, si c'est juste un arrangement… Elle a un *enfant*, Alexeï !

— Je m'occupe de Georgina, protesta-t-il.

— Tu veux dire que c'est une question d'argent pour Kate ?

— Tu ne sais pas de quoi tu parles.

— J'en sais assez, riposta Annika avec force. S'il n'y a aucun amour derrière tout cela, vous devriez songer davantage à Georgina. Si la presse apprend son existence, cela va être terrible, et tu le sais très bien. Tu veux vraiment que ces requins s'attaquent à une petite fille de cinq ans ?

— Elle est très en avance pour son âge…, commença-t-il.

Mais, le cœur affreusement serré, il ne put continuer.

— Oh ! alors dans ce cas, tout va bien ! ironisa Annika.

Puis elle ajouta d'une voix sourde :

— Elle t'aimera, Alexeï.

— Annika…

— Non ! le coupa-t-elle violemment. Quelle petite fille ne désirerait-elle pas avoir un papa ? Laquelle ne voudrait pas voir sa maman heureuse, et vivre dans une belle maison ?

Elle s'interrompit un instant en secouant la tête.

— J'ai vu la façon dont Kate te regardait. Elle est folle de toi, Alexeï, mais c'est son problème. Mais cette enfant, tu n'as pas le droit de lui briser le cœur.

Alexeï porta le regard vers Kate, qui bavardait en souriant avec l'une de ses tantes, sans se soucier de Nina. A cet instant, il comprit — mais ne l'avait-il pas toujours su au fond de lui-même ? —, que sa sœur avait raison : Kate était amoureuse de lui.

Au même moment, la jeune femme se tourna vers lui, surprit son regard et lui adressa un sourire lumineux.

Il allait lui faire du mal, c'était certain.

— Fais *très* attention, insista sa sœur.

Alexeï regagna la table et annonça à Kate qu'il était temps de partir.

Dès qu'ils pénétrèrent dans le hall, Georgina apparut en haut des escaliers : les cheveux ébouriffés et vêtue d'une chemise de nuit à fleurs roses, elle précédait sa gouvernante.

— Georgina n'a pas voulu dormir avant que vous soyez rentrés, dit celle-ci d'un air désolé.

— Elle est probablement un peu perturbée, répliqua Kate, tandis que sa fille descendait les escaliers en courant.

Non, elle n'était pas perturbée du tout, corrigea rapidement la petite fille, au contraire, elle était absolument ravie de sa nouvelle maison.

— On a dîné au bord de la piscine, raconta-t-elle avec animation. Et ensuite, nous avons emmené Bruce sur la plage. Il y a plein de chaînes sur la télévision d'Alexeï, poursuivit-elle. Et à la télé, je vous ai vus arriver au restaurant, et tout le monde parle de votre mariage !

— Que faisait-elle devant la télévision, à regarder les actualités ? demanda Alexeï à Sophie, en fronçant les sourcils.

— Cela n'a duré qu'une seconde, expliqua la gouvernante. Elle jouait avec la télécommande et…

— Elle ne doit pas rester plantée devant la télévision.

— Alexeï, intervint Kate, je la laisse la regarder un peu. Ce n'est pas grave…

— Viens, Georgina, dit alors Sophie, le visage écarlate. Il est temps d'aller te coucher, maintenant.

— Je vais l'emmener, dit Kate.

Georgina était vraiment surexcitée, si bien que Kate eut beaucoup de mal à la calmer. Son nouvel uniforme scolaire était suspendu à la porte de l'armoire, et si Kate le lui avait permis elle l'aurait enfilé sur-le-champ.

— J'aime beaucoup cette maison, chuchota la petite fille quand Kate eut enfin éteint la lampe. Toi aussi, tu es heureuse ?

— Bien sûr, répondit-elle avant de quitter la pièce.

Lorsqu'elle eut refermé la porte derrière elle, elle laissa échapper un long soupir en s'éloignant dans le couloir, en direction de la chambre d'Alexeï — qui allait être également la sienne pendant quelques mois.

— Comment va-t-elle ? demanda-t-il sans lever les yeux, lorsqu'elle entra.

Son costume et sa chemise gisaient en tas sur le sol, et il était déjà au lit, consultant ses messages.

Soudain, Kate se sentit horriblement intimidée. Elle ne s'était encore jamais déshabillée devant lui. Et à présent, dans la vaste chambre luxueuse, elle trouvait que les lampes de chevet diffusaient une lumière trop forte. En dépit des moments d'intimité qu'ils avaient déjà partagés, elle n'était pas prête à se dévêtir devant lui. Aussi se dirigea-t-elle vers la salle de bains.

Evidemment, elle était complètement décoiffée. Son mascara avait un peu coulé et son rouge à lèvres avait disparu, sans doute depuis longtemps.

Et pourtant… Kate cligna des yeux. Certes, elle voyait ses défauts, mais une expression nouvelle se dégageait de son visage. Quelque chose qui lui avait manqué depuis trop longtemps, et qu'Alexeï avait réveillé en elle.

Mais cela ne résolvait pas la question cruciale : qu'allait-elle mettre pour rejoindre Alexeï au lit ?

Elle contempla les serviettes blanches, pliées et empilées soigneusement. Puis elle aperçut des peignoirs suspendus à la porte, aussi impersonnels que ceux proposés dans les hôtels.

De plus en plus nerveuse, elle se força à prendre tout son temps pour se démaquiller.

Jusqu'à présent, la passion avait toujours jailli de façon spontanée entre eux, comme une vague puissante qui les avait emportés. Mais maintenant, elle avait l'impression de se tenir au bord d'une haute falaise et de contempler le vide qui s'étendait au-dessous d'elle.

Après avoir inspiré à fond, elle prit l'un des peignoirs et l'enfila. Elle l'enlèverait juste avant de se coucher, décida-t-elle.

Ensuite, elle rassembla tout son courage et ouvrit la porte de la salle de bains. L'éclairage était vraiment trop puissant… Elle avait l'impression de s'avancer vers le lit sous les feux de projecteurs braqués sur elle. Et son corps était en proie à un tumulte épouvantable, parce que, malgré sa frayeur et sa nervosité, elle désirait Alexeï… Oh ! oui, elle le désirait si violemment…

La porte-fenêtre était ouverte, laissant pénétrer le doux bruit des vagues, mais cela ne l'apaisa pas le moins du monde.

— Vas-tu te coucher avec ton peignoir ? demanda-t-il quand elle s'immobilisa à côté du lit.

Tout en se mordant les lèvres, elle ôta le vêtement d'un seul geste — réussissant en même temps la prouesse d'écarter le drap et de se glisser dans le lit.

Puis, allongée à côté de lui, toute raide, elle sentit son parfum viril, devina son humeur boudeuse. Et elle regretta leur complicité passée.

Mais Alexeï se pencha vers elle, et l'embrassa avec fougue, tandis que ses mains erraient sur son corps. Mais Kate était trop tendue, trop anxieuse, pour lui répondre.

— Tu es fatiguée, dit-il en s'écartant d'elle.

— Oui.

— La journée a été longue, insista-t-il en éteignant les lampes de chevet.

— Oui.

A la fois soulagée et déçue, Kate contempla la chambre baignant à présent dans l'obscurité.

— Au fait, elles sont dans le placard de la salle de bains, reprit Alexeï en lui tournant le dos.

Elle ferma les yeux en attendant la suite.

— Les pilules contre la migraine, précisa-t-il. Car je suis sûr que, dans moins de cinq minutes, tu vas dire que tu en as une.

8.

Alexeï contempla le gros titre qui s'étalait au-dessus de la photo :

KRASAVITSA KATE

Toute la nuit, il avait redouté de voir l'expression de Kate, lorsqu'elle découvrirait les images accompagnées de mots cruels, au moment du petit déjeuner.

A présent, sa photo était là, étalée en première page. Une bretelle de sa robe avait légèrement glissé sur son épaule, ses cheveux tombant en cascade sur l'autre, tandis qu'elle riait, la tête rejetée en arrière. Il regarda son décolleté, ses bras, ses formes si appétissantes… Mais étrangement, ce fut la vue de son propre visage qui surprenait le plus Alexeï.

Pour une fois, il souriait. Et il ne s'agissait pas d'un sourire forcé, mais d'un vrai sourire, qui éclairait ses traits habituellement sévères.

En dépit de l'atmosphère tendue, des piques et des remarques acérées de Nina, la soirée de la veille avait aussi comporté des moments comme celui-là, il en prenait à présent conscience.

— C'est maman ! s'exclama Georgina, penché au-dessus son bras. Qu'est-ce que ça veut dire, *krasavitsa* ?

— « Belle femme », répondit Alexeï.

— Eh bien, je ne me sens pas si belle, ce matin, dit Kate en entrant dans la cuisine.

Elle se dirigea vers le plan de travail pour se verser du café puis, se souvenant que ce n'était pas la peine ici, elle alla s'asseoir, avant d'être servie par une domestique.

La table était positionnée de façon à baigner dans les rayons du soleil, près d'une baie vitrée dont les parois étaient largement ouvertes, donnant sur la piscine et les courts de tennis. Kate regarda le festin disposé devant elle. Puis, incapable de croiser le regard d'Alexeï, elle se concentra sur son petit déjeuner, choisissant des fruits frais et une viennoiserie.

Après tout, pourquoi ne pas envisager ces deux mois comme une sorte de petite cure de repos ? se dit-elle en mordant dans la chair juteuse d'une pêche. Natation tous les jours, nourriture saine, régime soigneusement étudié, spa… Elle sortirait de cette aventure avec une forme époustouflante. Et avec le cœur brisé…

— Quand tu épouseras maman, commença soudain Georgina, est-ce que je serai sa demoiselle d'honneur ?

Horrifiée, Kate regarda Alexeï, redoutant sa réponse. Mais il se contenta de sourire en continuant à lire son journal.

— Georgina…, répondit alors Kate à sa place. Je t'ai dit que nous faisions une sorte d'essai.

— Je sais, répliqua Georgina en fixant son bol de céréales. D'accord.

Puis elle se tourna de nouveau vers Alexeï.

— Si tu épouses maman, est-ce que je serai sa demoiselle d'honneur ?

Mon Dieu, songea Kate, en sentant les larmes lui monter aux yeux. Georgina était si heureuse, si confiante…

— Je suis tout à fait certain, répondit alors Alexeï d'une voix douce, que quand ta mère se mariera tu seras sa demoiselle d'honneur.

Ravie de sa réponse, Georgina termina son petit déjeuner, avant de se lever pour aller enfiler son nouvel uniforme. Sophie passa alors la tête par la porte de la cuisine, pour annoncer qu'elle avait préparé le déjeuner de la fillette, avant de ressortir.

Etrangement déconcertée de n'avoir rien à préparer pour sa fille, Kate se retrouva seule avec Alexeï.

— J'ai agi de façon irréfléchie, dit-il tout à coup.

Kate le regarda en fronçant les sourcils. Alexeï n'agissait jamais de façon irréfléchie. Que voulait-il dire ?

— Je n'ai pas l'habitude de…

Il cherchait ses mots.

— Je n'ai pas l'habitude de me trouver avec quelqu'un qui a d'autres préoccupations.

— D'autres préoccupations que toi, tu veux dire ? riposta Kate.

Mais quand il lui sourit, elle ne put s'empêcher de lui sourire à son tour.

— Oui. Je suis d'habitude le seul centre d'attention, reconnut-il. Mais toi… Tu as déménagé, ta fille a changé d'école, tu as affronté ta famille, la mienne… Tu fais tout pour que Georgina s'adapte en douceur…

Surprise par cette manifestation de sensibilité inattendue, Kate l'observa en clignant des paupières.

— Alors je comprends que tu aies été fatiguée hier soir.

En un éclair, elle comprit ce qui se dissimulait derrière sa soi-disant sensibilité…

— Par conséquent, poursuivit-il, tu as besoin de prendre les choses de façon plus décontractée : à partir de maintenant, tu n'iras plus travailler.

— Comment cela ? fit Kate en retenant son souffle.

— Tu es ma fiancée, n'est-ce pas ? Eh bien, tu ne peux pas être *aussi* mon assistante.

— Je croyais que tu avais besoin de moi à plein temps !

Alexeï ferma les yeux un bref instant. Il n'aimait pas qu'on conteste ses paroles, mais il souhaitait encore moins examiner ce qui se cachait sous celles qu'il venait de prononcer. Il ne voulait pas reconnaître que, sur un plan beaucoup plus élémentaire, primitif, il avait tout simplement besoin d'elle.

— Tu as besoin de temps pour t'habituer à ton nouvel environnement, pour te concentrer sur Georgina…

Il lui adressa un léger sourire.

— Ainsi que pour t'occuper de ta garde-robe… et pour te reposer.

Gênée par le sous-entendu évident, Kate détourna les yeux en rougissant. Mais Alexeï n'en avait pas encore terminé.

— Au fait, Kate… Tu n'as pas encore encaissé mon chèque.

Cette fois, elle se sentit devenir écarlate.

— J'en avais l'intention. Je m'en occuperai aujourd'hui.

— Très bien, dit-il brièvement.

Puis il sourit. D'un vrai sourire. Mais qui n'était pas destiné à Kate.

— Souhaitez-moi bonne chance !

Rayonnante, Georgina se tenait sur le seuil de la cuisine, vêtue de son uniforme tout neuf, ses nouvelles chaussures aux pieds, et un petit chapeau de paille sur la tête.

— Tu n'en as pas besoin, répliqua Alexeï. Tu vas passer une journée formidable dans ta nouvelle école. Mais bonne chance quand même !

— Tu crois que les autres vont me trouver sympathique ? insista-t-elle, tandis que Kate lui remontait ses socquettes.

— Est-ce que *toi*, tu te trouves sympathique ? répliqua Alexeï.

— Oui ! répondit Georgina en riant.

— Alors, tu as déjà une amie.

Dans de tels moments, songea Kate, alors que le chauffeur les emmenait toutes deux vers l'école, il aurait été si facile de l'aimer…

Mais cela n'était pas autorisé par les règles qu'ils avaient établies.

Quand Georgina entra dans sa nouvelle classe, ses petites camarades la regardèrent avec curiosité, évidemment, mais l'atmosphère était totalement différente de celle de l'école d'où elle venait. Et lorsque Kate vit sa fille montrer fièrement le contenu de sa trousse à sa petite voisine, avant que cette dernière ne fasse la même chose, elle sut qu'elle avait pris la bonne décision.

— Elle va très bien s'intégrer, dit Mme Heath, l'institutrice. Rentrez chez vous et ne vous inquiétez pas.

Mais cinq minutes plus tard, alors qu'elle respirait enfin plus librement, Kate fronça les sourcils en découvrant le texto qui venait d'arriver sur son mobile.

Pouvons-nous nous voir, besoin de te parler.

Dis bonjour à Georgina pour moi. Craig.

Elle venait de l'effacer quand un autre surgit :

Le plus vite possible. Vraiment besoin de te parler.

Avec un soupir, Kate l'appela aussitôt.

— Je ne vois pas ce que nous avons à nous dire, commença-t-elle dès qu'il décrocha.

— Kate, écoute-moi.

— Non, c'est à toi de m'écouter, répliqua-t-elle avec colère en se dirigeant vers la voiture. Tu ne t'es pas manifesté depuis des mois et maintenant, tu veux parler ?

— J'ai appris la nouvelle dans le journal, pour toi et Kolovsky, fit Craig. Je suis content pour toi, Kate, mais…

— Mais quoi ?

— Je ne veux pas en parler au téléphone.

— Dans ce cas, ce n'est pas la peine d'en parler du tout, riposta-t-elle brutalement.

Puis elle mit fin à la conversation et éteignit son mobile.

— Tout va bien ? demanda Philip, le chauffeur.

— Oui, merci, répondit Kate en se forçant à sourire. Ce n'est que le premier jour, mais je sens que ça va aller.

Et Craig ne viendrait pas tout gâcher, se promit-elle. Car s'il cherchait à la voir, c'était pour lui emprunter de l'argent, évidemment. Eh bien, il pouvait toujours attendre.

Cela aurait dû être un soulagement de ne pas travailler, mais Kate se sentait terriblement lasse. Et pas seulement à cause du bouleversement qu'avait subi sa vie au cours des derniers jours.

Entre ses expéditions dans les boutiques de luxe et à l'institut de beauté, elle n'avait pas le temps de souffler, songea-t-elle en se reposant un peu sur une chaise longue..

De son côté, Sophie s'occupait du choix des livres et des vêtements de Georgina, ainsi que de ses devoirs.

Quant à Bruce, il était revenu méconnaissable du salon de toilettage. Shampouiné, lavé et pomponné, il était promené deux fois par jour par Philip, et passait le reste du temps à somnoler au bord de la piscine.

Et bien sûr, maintenant qu'il y avait un enfant dans la maison, une femme de ménage supplémentaire avait été embauchée.

Oui, tout était fait pour simplifier la vie de Kate. Et pourtant, il lui restait très peu de temps pour elle.

Néanmoins, elle adorait les après-midi, quand elle allait attendre Georgina devant l'école — même si Sophie considérait cela comme faisant partie de ses attributions. Mais pour rien au monde Kate n'aurait voulu manquer de voir apparaître sa fille, au milieu d'une ribambelle d'enfants joyeux.

Ensuite, elle allait se promener à la plage avec elle.

Quant aux nuits… Les nuits étaient synonymes d'enfer, songea Kate avec un nouveau soupir.

La veille au soir, Alexeï et elle étaient sortis dîner, se prenant les mains par-dessus la table, s'embrassant devant les photographes. Mais ensuite, après une dispute violente — alors qu'elle avait *vraiment* mal à la tête —, Alexeï avait quitté la maison, dans un état de fureur inouïe, et avait probablement passé la nuit en ville, à l'hôtel.

Aujourd'hui, il avait pris son après-midi, et depuis une demi-heure, il se défoulait sur le court de tennis, tandis qu'elle était allongée sur une chaise longue et essayait de se détendre — en résistant au désir d'allumer son mobile pour voir si Craig avait de nouveau tenté de la joindre.

Avec une force extraordinaire, Alexeï frappait les balles que la machine lui renvoyait, sans en manquer aucune. Visiblement, il reportait sa rage sur le jeu…

Grand, musclé, la peau brunie par le soleil, les cheveux noirs brillants, le torse nu, il était vraiment d'une beauté somptueuse, songea Kate en dissimulant sa fascination sous ses lunettes noires. Et sa jambe se portait de mieux en mieux, grâce aux exercices qu'il s'imposait impitoyablement chaque jour.

Si elle ne l'avait pas entendu gémir de douleur la nuit, et si elle ne l'avait pas entendu se lever pour aller nager, à 3 heures du matin, afin de tenter de mettre fin à ses crampes, elle aurait même pu penser qu'il était l'image même de la bonne santé.

Par ailleurs, elle savait qu'il était nerveux à cause de Belenki. Chaque fois qu'il essayait d'entrer en contact avec celui-ci, l'homme d'affaires russe n'était jamais disponible. Mais Alexeï n'était pas homme à se laisser tenir à distance.

Soudain, il quitta le court et se dirigea vers elle, boitant à peine, mais l'air néanmoins fatigué. Essoufflé par l'effort, son torse nu se soulevant rapidement, il lui adressa un sourire qui la fit frissonner. Puis il pencha la tête vers elle et prit sa bouche pour un baiser dur. Kate ferma les yeux pour refouler les larmes qui se pressaient sous ses paupières. Car elle savait que les paparazzis étaient à l'affût, dissimulés derrière les haies pourtant denses. Ils étaient prêts à tout pour arriver à leurs fins.

— Je crois qu'ils ont eu ce qu'ils voulaient, chuchota-t-elle.

— Nous allons leur donner un petit supplément.

Il tira une chaise avec son pied et s'assit en face d'elle en jouant avec le tissu de son sarong.

— Je t'en prie… Ne…

Kate ferma de nouveau les yeux, cette fois de honte, à la pensée d'être exposée en Bikini dans le journal.

— Pourquoi pas ? répliqua-t-il en continuant son petit jeu.

A présent, elle ne pensait plus aux journalistes, mais regardait la main d'Alexeï, qui effleurait ses mamelons sous le tissu. Soudain, elle détesta son corps, et le fait que, même après ce baiser fabriqué, dénué de toute passion, il s'enflammât encore pour cet homme.

— Peut-être n'ai-je pas envie d'être ridiculisée…, murmura-t-elle enfin. Au fait, où as-tu passé la nuit ? dit-elle en repoussant doucement sa main.

— Ne me pose pas de questions, répliqua-t-il sèchement.

— Très bien, mais alors ne crois pas que je sois à ta disposition, riposta-t-elle du tac au tac. Tu ferais mieux de t'en souvenir à l'avenir.

L'avenir ? Alexeï était bien incapable de songer à l'avenir. Il ne pouvait supporter de penser au moment où tout serait terminé. Quand il aurait peut-être tout perdu, lorsque Kate le haïrait.

Il la regarda avec colère. Elle ne savait rien, personne ne connaissait cette confusion…

Il écarta le tissu du sarong sur sa poitrine.

— S'il te plaît, ne fais pas cela, Alexeï.

— Les journalistes doivent commencer à se poser des questions, dit-il durement. Ils nous voient nous prendre les mains, nous embrasser pudiquement… Cela ne suffit pas.

— Désolée, je ne suis pas aussi dévergondée que tes maîtresses habituelles, riposta-t-elle entre ses dents.

— Enlève-le, ordonna Alexeï d'une voix suave.

Mais son sourire était irrésistible, si bien que Kate se mit à trembler. Ce n'était plus les photographes qu'elle craignait, ni de se voir exhibée sur les pages des magazines, c'était le regard d'Alexeï.

— Le soleil tape fort, tu as besoin d'huile solaire.

Comme elle ne bougeait toujours pas, Alexeï lui ôta lui-même son sarong, dénudant presque tout son corps.

— Allonge-toi.

Lorsque Kate sentit son souffle lui caresser l'épaule, puis sa main effleurer son ventre, elle eut envie de pleurer de honte. Mais se laisser aller ainsi l'aurait encore plus humiliée, aussi refoula-t-elle farouchement ses larmes.

Alexeï se versa de l'huile dans la main avant de remarquer que celle-ci tremblait légèrement. Il regarda alors Kate, son corps épanoui. Ces seins qu'il avait caressés, nus, restaient dissimulés sous son haut… Cependant, il ne lui ferait pas l'affront de la dénuder sous les regards des paparazzis.

Aussi se contenta-t-il de lui enduire les épaules d'huile en réfrénant son désir.

Elle était toute en douceur… et terriblement nerveuse. Et pourtant, elle n'avait rien à craindre de lui, ne l'avait-elle pas encore compris ?

Après ses longs jours et ses longues nuits passés sans se toucher, il sentait qu'elle capitulait, qu'elle acceptait son désir, contre lequel elle avait résisté de toutes ses forces.

Alexeï lui prit la main et l'entraîna dans la maison. A l'entrée de la chambre, Kate s'immobilisa.

— Tu vas me faire souffrir, murmura-t-elle.

Voilà, elle l'avait dit. Elle éprouvait un désir inouï pour cet homme. Mais en même temps, elle ne désirait qu'une chose : s'enfuir.

— Quoi que je fasse, reprit-elle, je sais que je souffrirai.

— Pour l'instant, je ne te fais aucun mal, répliqua-t-il. Il suffit juste que tu ne tombes pas amoureuse de moi, Kate.

Il l'embrassa.

— Tu ne souffrirais que dans ce cas.

Ses paroles auraient pu résonner comme une menace, ou un avertissement, mais étrangement, elles avaient davantage ressemblé à une prière.

— Je sais, dit-elle d'une voix tremblante.

— Vivons au présent, dit-il contre ses lèvres, en posant les mains sur sa taille. Tu peux croire à tout ce que je te dis… aujourd'hui.

Soudain, Kate sentit la colère l'envahir. Et elle le repoussa de toutes ses forces.

— Que veux-tu dire ? Que demain, dans une semaine, dans un mois, tu n'éprouveras plus rien pour moi ?

Il secoua la tête.

— Je veux simplement que tu saches que cela ne peut pas durer toujours entre nous. Je veux que les choses soient claires. Et je veux aussi que tu encaisses mon chèque.

Hors d'elle, Kate le gifla. Comment pouvait-il la désirer, et en même temps lui rappeler qu'il la payait ?

— Tu penses que je te paie pour coucher avec toi ? demanda Alexeï. C'est pour ça que tu n'oses pas toucher cet argent ?

Kate sentit les larmes couler sur ses joues.

— Dans ce cas, je vais m'en occuper moi-même.

Il se dirigea vers son ordinateur.

— Voilà, c'est réglé, déclara-t-il après quelques minutes.

— Réglé ? répéta-t-elle avec colère. A présent, tu peux coucher avec moi l'esprit tranquille, c'est ça ?

— A présent, répliqua-t-il d'une voix ferme, tout en s'approchant de nouveau d'elle et en la prenant dans ses bras, nous pouvons oublier notre petit arrangement, pour quelque temps.

Mais Kate résistait encore, évitant la bouche d'Alexeï qui cherchait la sienne. En quelques secondes, il venait de verser sur son compte plus d'argent qu'elle n'aurait pu en gagner durant sa vie entière. Et il espérait maintenant coucher avec elle !

— Je t'ai payée pour le temps que tu me consacres, murmura-t-il, pour que tu me prennes la main et m'embrasse en public. Pour la façon dont ta vie privée a été envahie.

Il la poussa sur le lit, puis fit adroitement glisser la culotte de son Bikini sur ses cuisses, en dépit de ses tentatives pour l'en empêcher.

— Plus question d'argent pour l'instant, reprit-il d'une voix rauque. Ce qui se passe maintenant, c'est notre choix.

Mais Kate n'avait vraiment pas le *choix* : son corps réclamait de toutes ses forces celui d'Alexeï… Il se débarrassa rapidement de son short et reprit sa bouche, avant de s'écarter soudain.

— Si tu me demandes de m'arrêter maintenant, je te promets que tu n'auras plus jamais à me le demander. Je ne te toucherai plus, excepté lorsque je te donnerai un baiser dans la rue, ou que je te prendrai la main en public.

Son souffle sur sa joue était si doux que Kate en eut le vertige.

— Je ne poserai plus jamais la main sur toi.

Puis il l'embrassa dans le cou, avant de relever la tête pour ajouter :

— Je n'ai jamais payé pour coucher avec une femme, Kate. Ou tu me désires, ou tu ne me désires pas. A toi de décider.

Elle soupira et il comprit qu'elle s'abandonnait enfin. Et il la pénétra.

Kate ne put retenir un gémissement de plaisir.

Alexeï l'emplissait, totalement.

Elle rassembla toutes ses forces — non pour le repousser, mais pour l'attirer en elle, au plus profond. Il s'enfonça avec de plus en plus de force, jusqu'à ce qu'elle ait l'impression qu'elle allait crier. Puis elle se rendit compte qu'elle criait vraiment.

Le son de sa voix lui parut étranger. Comme si celle-ci lui parvenait d'un endroit inconnu, dont elle avait toujours ignoré l'existence.

Ils s'envolèrent ensemble jusqu'à des hauteurs vertigineuses et Kate se sentit pendant quelques secondes suspendue dans les airs avec lui.

Après de longues minutes, Alexeï roula sur le côté et s'étendit à côté d'elle.

— Veux-tu venir avec moi en Angleterre ?

Abasourdie, Kate se tourna vers lui. Cette fois, ça n'avait pas été un ordre, mais une proposition. Et à la façon dont il contemplait le plafond, elle comprit soudain que sa réponse comptait beaucoup pour lui.

— Nous partirions ce soir, ajouta-t-il en se tournant vers elle. Juste pour quelques jours. Tu peux emmener Georgina, mais elle sera très bien ici, avec Sophie.

Durant plus de cinq ans, Georgina avait représenté la priorité absolue pour Kate, dans tous les domaines. Et bien sûr, elle le restait. Mais à présent, elle sentait qu'il y avait de la place dans sa vie pour quelqu'un d'autre.

— D'accord, dit-elle calmement. Et tu as raison : Georgina sera très bien avec Sophie.

Sa fille se porterait comme un charme en son absence, elle en était certaine.

— Merci, murmura alors simplement Alexeï.

9.

Levander et Millie les accueillirent avec chaleur, dans leur grande maison située aux abords de Londres.

Dans ce foyer empli d'amour et de rires, Kate eut d'abord le cœur serré et, l'espace d'un instant, elle regretta de ne pas avoir amené Georgina. Mais elle se raisonna aussitôt : non seulement Sophie était une personne de confiance, mais en plus une fête devait avoir lieu chez l'une des nouvelles camarades de Georgina. Aussi aurait-elle été très déçue de ne pouvoir y participer.

A leur arrivée, Alexeï et elle avaient prétexté la fatigue pour gagner leur chambre, alors qu'il n'était pas encore 19 heures — mais ils n'avaient pas dormi avant de longues heures, passées à faire l'amour…

Le lendemain matin, après avoir téléphoné à Georgina et constaté qu'elle était en pleine forme, Kate dut néanmoins résister au désir de la rappeler une heure plus tard.

— C'est comme quand on a envie d'aller vérifier si on a bien serré le frein à main, expliqua-t-elle à Millie. Même si on est *certain* de l'avoir fait…

— Je comprends, répliqua Millie. Quand nous sommes allés chercher Dimitri en Russie, nous avons laissé Sashar ici. Il valait mieux que nous soyons seuls avec Dimitri. Surtout qu'il est parfois…

Elle s'interrompit, cherchant le qualificatif approprié.

— … difficile.

En effet, le petit garçon ne disait pas un mot, restant

à l'écart, et il ne semblait pas s'intéresser le moins du monde à ce qui se passait autour de lui.

— Parfois, il rit, reprit Millie avec espoir. Par exemple, l'autre jour, après une phrase de Levander qu'il avait dû trouver amusante, il a soudain éclaté de rire. Et maintenant, il joue un peu avec Sashar.

— C'est bon signe, dit Kate avec chaleur.

De son côté, Alexeï essayait toujours de contacter Belenki, mais en vain. Celui-ci avait dû s'absenter à cause d'une urgence, lui avait dit son assistante.

— Il n'y peut rien, fit Kate pour essayer de calmer l'irritation grandissante d'Alexeï.

Ils étaient installés au bord de la vaste piscine intérieure, dont les parois vitrées étaient recouvertes de buée. A l'extérieur, il gelait, mais là, à l'abri, il faisait délicieusement chaud.

— Une urgence, tu parles ! fit Alexeï d'un ton rageur en laissant tomber son journal à côté de sa chaise longue.

— Allons, Alexeï, répliqua-t-elle en souriant. Ne t'énerve pas comme ça, tu finiras bien par réussir à le joindre et…

— Non, l'interrompit-il. Ce n'est pas cela.

— Alors, de quoi s'agit-il ?

Elle ne comprenait vraiment pas pourquoi il s'acharnait ainsi sur Belenki.

— Qu'est-ce qui se passe, avec lui ? insista-t-elle.

— Ça, j'aimerais bien le savoir !

Non seulement le comportement d'Alexeï la laissait perplexe, mais en plus elle souffrait de son humeur ombrageuse. Et soudain, elle se sentit triste à l'idée que cette belle matinée puisse être gâchée ainsi, par un homme qu'Alexeï connaissait à peine.

Levander jouait avec Sashar, tandis que Millie était assise à côté de Dimitri, qui se contentait de rester là où on l'avait posé, les jambes pendant dans l'eau. Il était si sombre et si fermé, en comparaison de son frère qui riait souvent aux éclats…

— Allez, Sashar, saute ! dit Levander en souriant à son fils.

Le petit garçon venait de se hisser hors de l'eau et, debout au bord du bassin, il fixait son père, anxieux et excité à la fois.

— Saute !

Après avoir tendu les bras en avant deux fois pour rien, il sauta vers son père qui l'attrapa au vol. Sashar sortit rapidement de l'eau et recommença aussitôt le petit jeu, tandis que ses cris de joie faisaient rire tout le monde.

Tout le monde sauf Dimitri, remarqua Kate. Et Alexeï.

Il était occupé à consulter ses e-mails sur son téléphone mobile, mais brusquement il releva les yeux. Aussitôt, Kate perçut la tension qui l'habitait tandis qu'il observait son frère tendre les bras vers Dimitri.

— Que dirais-tu de sauter toi aussi ? lui demanda Levander, en anglais. Saute, je te rattraperai, je te le promets.

Mais Dimitri restait immobile, les yeux baissés. Levander répéta alors la même chose en russe, sans obtenir de réaction de la part de son fils.

A cet instant, à la grande stupéfaction de Kate, Alexeï prit la défense du petit garçon.

— Laisse-le tranquille.

Surpris par le ton de son frère, Levander se tourna vers lui.

— C'est un jeu, c'est tout. Il sautera quand il sera prêt… Qu'en penses-tu, Dimitri ?

Kate ne comprenait pas pourquoi Alexeï avait l'air soudain si tendu. Elle jeta un regard à Millie, et vit qu'elle aussi avait compris que quelque chose n'allait pas.

— Levander ne le brusque pas, commença la jeune femme pour calmer les choses. Il…

— Ce n'est pas un jeu, la coupa Alexeï, d'un ton lugubre. Cela ne l'aidera pas, Levander. Laisse-le.

— Ne me dis pas comment élever mon fils, répliqua Levander, visiblement peu impressionné par l'intervention de son frère.

— Ne t'inquiète pas, Alexeï, intervint patiemment Millie. Levander ne le force pas. Dimitri sautera quand il sera prêt à le faire.

Kate laissa son regard aller d'Alexeï à Sashar qui, frustré qu'on ne s'intéresse plus à lui, sortait de la piscine. Puis il se mit à courir sur le bord en riant et en faisant de grands gestes.

Reportant son attention sur Alexeï, Kate regarda son visage, très pâle. Une veine pulsait violemment à son cou, remarqua-t-elle.

Soudain, au moment où Levander tendait les bras pour attraper Sashar qui sautait, Dimitri se décida enfin à sauter, lui aussi. A cet instant, Kate vit une véritable terreur traverser le regard d'Alexeï.

— Levander ! cria-t-il à son frère.

Mais celui-ci n'avait pas attendu son avertissement pour réagir. Bien qu'ayant tout juste saisi Sashar, il le déposa dans l'eau, et d'un bond, rattrapa Dimitri juste à temps et le prit dans ses bras. Puis il se pencha en le tenant contre lui et en lui parlant doucement, jusqu'à ce que Dimitri pose les pieds au fond du bassin.

Millie entra alors dans l'eau pour prendre la relève, tandis que Levander sortait de la piscine et se dirigeait vers son frère.

— Tu pensais vraiment que je pourrais ne pas le rattraper, juste pour m'amuser ? demanda-t-il sèchement.

— Non, pour lui montrer, corrigea Alexeï. Lui apprendre.

— Je sais ce que je fais, riposta Levander. Je sais ce

qu'il a enduré. Pour quel genre de malade me prends-tu ? Ne me dis pas comment élever mon fils.

Alexeï lui lança un regard de défi.

— Et toi, aurais-tu sauté si notre père te l'avait demandé ?

— Non, reconnut Levander. Mais je ne suis pas comme Ivan. Dimitri peut me faire confiance.

— Ne faire confiance à personne, fit Alexeï d'une voix sourde. Voilà ce qu'on a appris à Dimitri.

— C'est ce qu'on t'a appris, à toi ? répliqua son frère.

A présent, toute colère semblait l'avoir quitté, constata Kate.

— Il m'a dit de sauter, expliqua Alexeï d'une voix blanche J'étais debout sur la commode, en bas des escaliers, et il m'a tendu les bras en me disant de sauter. Je ne voulais pas, mais il m'a assuré que je pouvais lui faire confiance…

Kate sentit un goût nauséabond lui monter aux lèvres. Elle avait entendu parler de ce genre de rituel, qui se transmettait de père en fils, pour les endurcir.

— Et tu as sauté ? demanda-t-elle d'une voix étranglée, tandis que Levander restait silencieux. Que s'est-il passé ?

— Il m'a laissé tomber. Puis il m'a ramassé et m'a fait tenir debout de force, alors que je pleurais. Il m'a dit que j'avais été stupide, que je n'avais pas écouté ce qu'il m'avait enseigné : qu'il ne fallait faire confiance à personne.

— Il avait tort en agissant ainsi, commença Levander.

Mais visiblement, Alexeï ne voulait plus discuter.

— Je vais me reposer, dit-il d'une voix sombre.

Quand il quitta la piscine, il boitait vraiment, pour la première fois depuis longtemps.

Devait-elle le suivre ? se demanda Kate en le regardant s'éloigner. Non, il valait sans doute mieux le laisser seul, décida-t-elle.

*
* *

— Ton père avait tort, murmura Kate, en reprenant les paroles de Levander.

— Laisse tomber.

— Non, je ne veux pas. Je voudrais te comprendre.

— Pourquoi ?

— Parce que je… Parce que je me soucie de toi.

— Je te paie pour ça, répliqua-t-il froidement en croisant enfin son regard.

Mais ses yeux étaient affreusement vides, gris et froids.

— Avoir une relation durable ne m'intéresse pas, continua-t-il. Ta préoccupation ne m'intéresse pas. Comment pourrais-je être plus clair ? Tout ce que je veux, c'est la Maison Kolovsky. Et que ma mère fiche le camp !

— Comment peux-tu parler de cette façon ?

— Nina ne compte pas pour moi. La seule chose qui m'intéresse, c'est l'empire Kolovsky.

— Tu es si froid, chuchota Kate.

— Plus que froid, répliqua Alexeï. Tu veux savoir pourquoi je la hais ?

Tout à coup, Kate redouta d'entendre la réponse à cette question.

— J'avais sept ans, c'était un peu avant Noël. Ma mère a décidé que cette année-là je n'aurais pas de cadeaux, parce que j'avais été trop méchant. J'ai pensé qu'elle mentait, et j'ai cherché mes paquets. Mais elle n'avait pas menti : il n'y avait pas de cadeaux pour moi. Au lieu de cela, j'ai découvert leur mensonge…

— A propos de Levander ? demanda Kate, le ventre horriblement noué.

— Ils savaient depuis le début que les deux enfants avaient été placés en orphelinat.

— Les *deux* enfants ? répéta Kate, interloquée.

— Levander est le fils de mon père. Avant d'être fiancé à ma mère, Ivan avait entretenu une brève liaison avec une femme de ménage. Quand celle-ci a découvert qu'elle allait mourir, elle les a suppliés, Ivan et Nina, d'emmener Levander avec eux, en Australie. Elle avait deviné qu'ils allaient bientôt quitter la Russie.

— Et tu as découvert cela ?

— J'ai trouvé des lettres, ainsi que des documents officiels. Je le leur ai dit…

Kate connaissait une partie de cette histoire. En effet, elle avait travaillé suffisamment longtemps chez les Kolovsky pour entendre des rumeurs ; et puis elle avait lu les journaux. Aussi n'était-elle pas vraiment surprise d'apprendre qu'Ivan et Nina avaient connu la vérité sur le sort de Levander depuis le début. Mais Alexeï n'avait pas terminé son récit.

— J'ai également découvert qu'il y avait un autre enfant. Que, avant Levander, mes parents avaient eu un fils ensemble.

Sous son hâle, son teint était maintenant cireux.

— Mes frères n'en savent rien. Mais ce Noël-là, j'ai dit à mon père que je savais la vérité.

— Et comment a-t-il réagi ?

— En me frappant. Mais le plus terrible…

Il croisa rapidement le regard de Kate.

— … ce n'a pas été ma souffrance, mais la peur que je lisais dans son regard.

Elle aurait voulu l'interroger davantage, mais elle devinait d'instinct qu'elle devait rester silencieuse. Et surtout, qu'elle ne devait pas pleurer, même si la pensée qu'il avait été ainsi battu par son propre père lui déchirait le cœur.

— Il avait peur et il était furieux, et moi je savais qu'il n'exerçait plus aucun contrôle sur lui-même. Qu'à ce moment-là il était en proie à une véritable terreur…

Il soutint le regard de Kate, comme pour voir sa réaction.

— Alors, je me suis consolé en me disant que sa peur était plus forte que son amour pour moi.

Kate déglutit péniblement. Elle aurait voulu qu'il continue à parler, mais cette fois, il en avait vraiment terminé. Après lui avoir tourné le dos, il regarda par la fenêtre.

— Rien ne peut surpasser l'amour, dit-elle enfin.

— Tu te trompes, encore une fois.

Son sang se figea dans les veines de Kate : elle avait échoué à l'atteindre.

— Quand tu as sept ans, que tu es allongé par terre et que l'homme que tu aimes, que tu admires, que tu prends pour modèle, te bat, te donne des coups de pied... Quand tu vois ses yeux exorbités et qu'il te crache au visage...

Incapable de retenir ses larmes plus longtemps, Kate les sentit rouler sur ses joues en silence.

— Tu te dis que ce n'est pas vraiment ton père qui agit ainsi, parce qu'il t'aime. Tu te dis que c'est la peur qui le pousse à faire ça...

— Alexeï...

— Laisse tomber, dit-il de nouveau. C'est comme ça que je m'en suis sorti.

— Et ton autre frère : tu n'as pas cherché à le retrouver ?

Il se leva sans répondre.

— L'as-tu retrouvé ? insista Kate d'une voix tremblante.

— Non.

— Tu n'as même pas essayé de le retrouver ?

Alexeï ferma brièvement les yeux. Jamais il n'avait ressenti une honte aussi cuisante. Il voyait l'incompréhension dans les yeux de Kate : elle tentait de comprendre ce qu'il ne comprenait pas lui-même.

— Non.

Cette fois, elle resta muette, ne sachant visiblement plus quoi dire.

— Je vis comme mes parents l'ont fait, reprit-il alors. Je mène une vie dépourvue de tout sens moral. Non, Kate, je n'ai même pas essayé de le retrouver. Alors, tu vois, il vaut peut-être mieux que tu ne me connaisses pas, et que tu n'essaies pas de me comprendre.

— Comment as-tu pu ne pas… ?

— Faisons nos bagages, l'interrompit-il de nouveau.

Apparemment, la discussion était close.

— Nous devrions plutôt rester, commença Kate. Si tu parlais avec Levander, peut-être que…

— J'en ai fini avec ma famille, fit Alexeï. Mais je te remercie.

C'était la deuxième fois qu'il la remerciait, songea Kate en le regardant avec attention.

— De quoi ?

— Grâce à toi, j'ai vu…

Il haussa légèrement les épaules.

— Cela n'a plus d'importance, à présent.

Quand elle tendit la main vers lui, il l'écarta et quitta la pièce. Il en avait également terminé avec elle, comprit Kate.

Elle n'aurait pas dû parler, se reprocha-t-elle en sentant de nouveau les larmes couler sur ses joues. Mais seulement l'écouter. Car toutes ses paroles étaient tombées à côté, même si, sur le moment, elles lui avaient semblé logiques et justes.

10.

— Il y a du travail, là-bas…

Tout en marchant avec lui sur la plage, Kate essayait de comprendre de quoi parlait Craig, qu'elle avait finalement accepté de voir, tant il s'était montré insistant.

— Enfin, pas vraiment, mais j'ai des amis à Bali, et c'est génial pour le surf. Je rêve d'y aller depuis des années.

— Pourquoi ne l'as-tu pas fait ?

— Je voulais être sûr que tout allait bien pour toi et Georgina. Je sais que je ne suis pas un bon père, mais je…

Il passa la main dans ses longs cheveux blonds.

— Maintenant que quelqu'un va s'occuper de vous…

— Tu sens que tu peux partir, c'est ça ?

— Je lui écrirai, je lui enverrai des cartes postales. Et j'économiserai de l'argent pour la faire venir, pendant les vacances. Mes parents seraient ravis de l'emmener avec eux.

Kate le regarda sans rien dire.

— Nous voyons les choses différemment, reprit-il. Je veux lui offrir l'espace et de la liberté, et ce que tu désires, c'est une bonne école, la routine…

— C'est *elle* qui désire une bonne école et de la routine !

Mais Kate n'avait pas envie de se disputer avec Craig. Elle avait compris : il ne serait jamais un père idéal, mais à sa façon il aimait sincèrement Georgina. De plus, elle était touchée de voir qu'il avait attendu que leur situation soit stable pour partir.

Se forçant à sourire, elle lui souhaita bonne chance et se laissa embrasser rapidement, avant de se diriger vers la maison.

Inhalant la brise marine à pleins poumons, elle se rendit alors compte, à sa grande surprise, qu'elle se sentait merveilleusement libre.

Le lundi matin, à 9 heures, Alexeï se dirigea directement vers le bureau en sortant de l'aéroport. Il était prêt à affronter sa mère.

Mais dès qu'il vit celle-ci se diriger vers lui, le visage défait, il comprit que quelque chose avait changé.

— Je ne peux plus me battre avec toi, Alexeï…

Il la contempla en silence.

— Prends Kolovsky, prends Krasavitsa, mais je t'en supplie, écoute Belenki. Je me trompe peut-être, j'ai peut-être été trop avide, mais certaines de ses idées sont bonnes…

Décidément, Alexeï ne la comprenait pas. Même s'il devait vivre mille ans, il n'y parviendrait jamais.

Subitement, il se sentit affreusement las.

— Pourquoi as-tu changé d'avis ? demanda-t-il enfin.

— Le cheikh Amallah a annulé sa commande, et d'autres clients se sont eux aussi retirés. De son côté, Lavinia m'a annoncé qu'elle ne travaillerait que pour toi… Et puis, quand j'ai vu les échantillons pour le linge de maison, j'ai compris que j'avais trahi l'esprit Kolovsky. Que j'allais détruire tout ce que ton père avait construit…

— Alors arrête, dit simplement Alexeï.

— Oui, j'arrête. Dorénavant, je m'occuperai uniquement de nos œuvres caritatives. Mais, je t'en supplie, écoute Belenki.

— Je n'arrive pas à le joindre.

— Il est ici.

Alexeï sentit le sang se glacer dans ses veines.

— Ou plutôt, il va arriver dans la matinée : j'ai rendez-vous avec lui à 14 heures. S'il te plaît, parle avec lui, Alexeï. Moi, il réussit toujours à me rendre l'esprit confus : il est si fort, si puissant... Je finis toujours par accepter ses propositions. Il me répète qu'en adhérant à ses idées, j'aide les orphelins...

C'était la culpabilité qui la guidait, Alexeï le comprit soudain.

Pour rentrer, il prit la route qui longeait la plage, l'esprit encore en proie à un mélange de colère et de frustration. Après s'être attendu à un combat sans merci avec sa mère, celle-ci lui avait offert sa capitulation.

Se sentant coupable d'avoir abandonné son fils et son beau-fils à une enfance atroce passée dans un orphelinat, elle essayait maintenant de se racheter. Et pour ce faire, elle rassemblait des millions, destinés aux organismes caritatifs.

Etant donné qu'il se sentait incapable de se pardonner lui-même, comment aurait-il pu pardonner à Nina ?

Il ne trouverait jamais la paix, songea-t-il en insérant la clé dans la serrure.

Quand il entra, Alexeï vit le sable disséminé sur le sol, la planche de surf abandonnée par Georgina.

— Excusez-moi, je n'ai pas..., commença Sophie avec un air coupable.

— Il n'y a aucun problème, l'interrompit-il. Laissez cela, et prenez votre journée.

Depuis que Kate et Georgina s'étaient installées chez lui, tout avait changé dans la maison autrefois silencieuse et vide. Oui, tout avait changé, jusqu'au contenu du réfrigérateur.

Mais le joyeux chaos qui régnait ici ne durerait plus

longtemps, parce que désormais il n'avait plus besoin de Kate.

A moins que…

Une fois dans la chambre, il regarda le lit impeccablement fait, puis le roman de Kate, laissé sur la table de chevet.

Depuis qu'il lui avait fait des aveux, elle avait essayé de lui parler, à plusieurs reprises, répétant qu'elle essayait de comprendre et que, peut-être, il n'était pas trop tard pour rechercher son frère.

Pouvait-il l'associer à sa recherche ? Pouvait-il lui faire confiance ? Pouvait-il envisager un avenir avec elle, et Georgina ?

Il respira les effluves de son parfum. Il devait y réfléchir, car sinon il risquait de perdre beaucoup. Beaucoup plus qu'il ne pourrait le supporter.

Il traversa la pièce et s'arrêta devant la baie vitrée. Il avait contemplé la vue des millions de fois, sans l'avoir encore jamais *regardée*. A présent, il la découvrait.

L'eau était incroyablement lisse, tout en nuances de gris striées de filaments azur. Peu à peu, il distingua des éclats bleu vert, argentés, bruns… Comparée à la puissance et à la beauté de la nature, la célèbre soie Kolovsky n'était pas grand-chose, semblaient lui dire ces reflets changeants.

Et soudain, il l'aperçut. Kate.

Le corps couvert d'un sarong blanc, elle marchait au bord de l'eau. Même à cette distance, il vit ses courbes féminines se dessiner sous le tissu.

Ses boucles rebelles étaient encore plus soyeuses depuis qu'elle avait le temps d'en prendre soin, plus brillantes, sa peau resplendissait.

L'homme qui marchait à côté d'elle était aussi blond que Georgina. C'était le père de la fillette, comprit Alexeï.

Ils semblaient si à l'aise ensemble… Ce constat lui

déchira le cœur. Et brusquement, la rage se débrida en lui. La rage et le dégoût.

Comment avait-il pu être assez stupide pour croire qu'elle serait différente — que lui aussi pourrait l'être ?

Mais quand Craig l'attira dans ses bras et qu'elle s'appuya contre lui un instant, ce ne fut pas de la jalousie qui submergea Alexeï, mais du regret.

Georgina n'était pas sa fille. Aucun avenir n'était possible pour eux.

— Tu es déjà rentré !

S'il ne l'avait pas vue quelques instants plus tôt sur la plage, avec Craig, il aurait pu croire que l'éclat qui illuminait son visage était causé par la surprise et la joie de le revoir.

Alexeï se raidit, mais il resta immobile.

— D'où viens-tu ? répliqua-t-il.

— Je suis allée faire un tour, répondit-elle en souriant. La journée est splendide. Que fais-tu ici ?

— Je suis venu consulter mon ordinateur, répondit Alexeï.

— Celui que tu tiens à distance de Nina ! répliqua Kate en riant. Pourquoi ?

Il regarda sa peau maintenant hâlée, les grains de sable collés à ses mollets dorés, puis son visage. Ses lèvres lui souriaient, alors qu'elles venaient d'embrasser un autre homme.

— Belenki est là. Va t'habiller, reprit-il sèchement. Nous avons rendez-vous avec lui dans mon bureau, dans une heure.

Kate avait perçu la tension qui raidissait les épaules d'Alexeï : celle-ci était sans doute causée par la perspective de rencontrer Belenki.

Elle fut envahie par un désir immense de l'apaiser,

comme elle l'avait fait une nuit, quand il était venu chez elle. Elle avait envie de *lui*.

— Nous avons le temps, murmura-t-elle.

Elle s'appuya contre son corps puissant, sentit ses mains se resserrer sur ses bras et, se haussant sur la pointe des pieds, elle posa les lèvres sur les siennes.

Malgré sa colère, Alexeï eut aussitôt envie d'elle.

Il aurait préféré lui ôter sa culotte, mais il n'en prit pas le temps et, se contentant d'écarter la dentelle, il la pénétra. Il sentit les vibrations de l'orgasme de Kate se propager en lui, il entendit son long gémissement.

Il avait tellement envie de la rejoindre…

Mais il était plus fort que cela. Il se retira.

— Alexeï ?

Sous son regard de mépris, Kate ne s'était jamais sentie aussi nue, aussi exposée.

— Je te l'ai déjà dit, lâcha-t-il d'un ton tranchant. Va t'habiller.

Pour Kate, ce fut le pire des rejets.

Néanmoins, elle essaya de se raisonner, se répétant qu'Alexeï était fatigué, stressé. Mais au fond d'elle-même, elle restait mortifiée.

Assise à côté de lui dans la voiture, elle passait et repassait dans son esprit ce qui venait de se produire. Tout en contemplant la baie par la vitre, elle se reprocha avec amertume d'avoir pu penser qu'un jour elle vaincrait les résistances d'Alexeï.

Quant aux raisons qui avaient incité ce dernier à la repousser aussi brutalement…

Ils avaient dépassé la baie et sous ses yeux défilaient des cafés et des boutiques, des gens, des voitures… Incapable de soutenir la vue de cette agitation, Kate se tourna vers Alexeï. Mais elle ne vit qu'un étranger au visage sombre, complètement fermé.

Dès qu'il se fut garé devant l'immeuble abritant la Maison Kolovsky, Alexeï posa la main sur la poignée de la portière. Visiblement, il était pressé d'aller rejoindre Belenki. Mais Kate ne bougea pas de son siège.

— Qu'est-ce qui vient de se passer, Alexeï ? demanda-t-elle calmement.

— Pardon ? répliqua-t-il en fronçant les sourcils.

A le voir, on aurait dit qu'il ignorait complètement de quoi elle parlait.

— Que s'est-il passé ? répéta-t-elle d'une voix trop aiguë.

Aussitôt, Kate se sermonna et s'efforça de se contrôler. Alexeï ne voulait pas de son amour, se rappela-t-elle. Il l'avait bien prévenue.

— J'ai changé d'avis, répondit-il avec un sourire cruel. C'est le privilège de l'homme.

A ces mots, elle le gifla. Elle n'avait pu s'en empêcher. Alexeï aurait pu arrêter son geste, mais il l'avait laissé faire. Pire, il ne réagit pas. Kate eut le temps de voir le portier refermer discrètement la porte et reculer dans le hall.

— Je t'ai fait confiance, poursuivit-elle, le plus calmement possible. J'ai accepté que cela ne dure pas, j'ai approuvé tes règles, ta logique tordue. Mais au lit, quand nous faisions l'amour, je t'ai fait confiance.

A ces mots, elle le vit cligner imperceptiblement des paupières.

— Même quand tu chuchotais que tu me désirerais toujours… Je m'en suis tenu aux règles et je me suis dit que c'était le simple désir physique qui te poussait à murmurer ces mots. Mais je ne méritais pas ce que tu viens de me faire subir.

L'espace d'une seconde, il ferma les yeux.

— Je te faisais confiance, Alexeï. Je me sentais en sécurité, libre. Quand nous faisions l'amour, je pensais que dans ce domaine, au moins, nous étions à égalité.

— Et quand tu étais sur la plage avec Craig, te sentais-tu en sécurité, libre ? répliqua Alexeï en se tournant vers elle.

Il voulait voir sa réaction, il voulait voir ses yeux s'agrandir quand elle comprendrait qu'il savait. Il voulait la voir perdre contenance, avant de bafouiller de pitoyables excuses et de pauvres justifications.

— Oui, dit-elle simplement en ouvrant sa portière. Maintenant, il est temps d'y aller, on doit nous attendre.

— Tu m'as été infidèle, riposta sèchement Alexeï en la suivant.

— Non.

Puis elle se dirigea vers les ascenseurs, la tête haute, et ne reprit la parole que lorsque les portes de la cabine se furent refermées sur eux.

— Je me sentais enfin libre parce que Craig venait de me dire qu'il partait à l'étranger. Il n'était pas venu me demander de l'argent, comme je le redoutais, ou m'annoncer qu'il avait subitement décidé de prendre Georgina avec lui.

Une expression nouvelle irradiait de son regard, remarqua Alexeï, suspendu malgré lui à ses lèvres.

— Je me sentais libre parce que nous avions enfin délimité nos territoires respectifs. Tu aurais pu m'interroger, Alexeï. Me demander ce que je faisais avec lui : je t'aurais tout expliqué. Mais tu as préféré te conduire de façon ignoble.

Il éclata d'un rire cynique.

— Et te donner ainsi l'occasion d'inventer des excuses ?

Kate ne s'était jamais sentie aussi faible et vulnérable, et pourtant elle se sentait aussi très forte.

Quand elle entra dans son ancien bureau, elle se tourna vers lui et, en le regardant dans les yeux, déclara :

— Je n'ai pas à te présenter d'excuses. Tout est terminé entre nous. Si cela ne te dérange pas, j'aimerais l'annoncer à Georgina quand elle rentrera de l'école. Ensuite, je nous trouverai un hôtel.

— Kate…

— Je ne veux plus rien entendre, Alexeï.

— Si tu me disais exactement ce que tu faisais avec ce type, je…

— Et que se passera-t-il, la prochaine fois que tu ne me feras pas confiance, Alexeï ?

Elle sentit les larmes perler à ses paupières.

— Ce que tu m'as fait tout à l'heure, reprit-elle en les refoulant farouchement, je ne te le pardonnerai jamais. Mais je n'ai pas l'intention de me comporter en martyre et de te rendre l'argent que tu m'as donné : après ce que tu viens de me faire, je l'ai largement mérité, jusqu'au dernier cent.

S'avancer vers Belinki pour l'accueillir représenta pour Alexeï un véritable cauchemar. Un de ceux qui hantaient sa mémoire déchiquetée.

Mais soudain, tous les lambeaux épars se rassemblèrent, dans une clarté aveuglante.

— Bonjour, Alexeï, commença Zakahr Belenki en s'arrêtant devant lui. Je crois que nous avons beaucoup de choses à nous dire.

11.

— Reste.

Kate assistait rarement aux réunions, surtout depuis qu'elle passait pour la fiancée d'Alexeï. Elle obéit néanmoins, tant il était devenu pâle.

Une tension inouïe régnait dans la pièce, sans qu'elle en comprenne la raison. Bien sûr, cette rencontre avec Belenki était importante pour Alexeï, mais il était parfaitement capable de lui tenir tête.

— Nous semblons nous manquer perpétuellement, dit Zakahr, avec un accent russe prononcé.

Il serra la main d'Alexeï et salua Kate d'un signe de tête, mais l'antipathie vibrait de part et d'autre. Brusquement, elle oublia ses propres griefs : cet homme représentait un danger pour Alexeï, c'était palpable.

— Je ne suis pas d'accord, répliqua-t-il. J'ai fait de nombreuses tentatives pour vous joindre. C'est vous, Zakahr, qui êtes resté inaccessible.

— Eh bien, maintenant je suis là, fit Zakahr en haussant brièvement les épaules. Où est Nina ?

— C'est moi qui dirige la Maison Kolovsky. C'est avec moi que vous traitez.

— Bien sûr. Comme vous le savez, j'ai toutes sortes de projets pour votre Maison, qui profiteront par ailleurs aux œuvres que je…

Alexeï l'interrompit d'un geste de la main.

— Vous êtes un homme d'affaires brillant, dit-il.

Comme moi. Vous devez donc être conscient qu'il ne s'agit là que du court terme : dans deux ans, le nom réputé que nous avons créé n'existera plus.

— Ma priorité va à mes œuvres caritatives. Nina m'a dit…

— Nina a dit n'importe quoi. Si je la laissais faire, on pourrait bientôt acheter du papier toilette Kolovsky dans les supermarchés. Allons droit au but.

— Très bien.

Un sourire sardonique se forma sur les lèvres de Zakahr, et soudain, Kate eut peur. De quoi, elle n'aurait su le dire, mais une véritable frayeur s'était infiltrée en elle.

— Kolovsky verse déjà des millions à vos œuvres, fit remarquer Alexeï. Et cela continuera tant que la Maison sera puissante. La proposition que vous avez faite à ma mère vous apportera dans un premier temps un profit notable, certes, mais cela ne durera pas longtemps. Si vous poursuivez dans cette voie, notre entreprise coulera rapidement, et vous le savez comme moi. Je crois que votre but est d'anéantir la Maison Kolovsky.

Kate sentit la respiration se bloquer dans ses poumons.

— Pourquoi souhaiterais-je une chose pareille ? répliqua Zakahr en fronçant les sourcils.

— Cessez ce petit jeu, dit froidement Alexeï. Je veux la vérité, sinon : partez !

— Vous voulez *vraiment* entendre la vérité ?

— Oui, fit Alexeï d'un ton sinistre. Je veux apprendre comment vous envisagez d'écraser les Kolovsky, comment, d'ici deux ans, vous comptez…

— Alexeï…

En tant qu'assistante, Kate n'aurait jamais osé l'interrompre ainsi… Mais ses accusations étaient si absurdes, sa colère si tangible, qu'elle n'avait pu se retenir de le mettre en garde. Il s'engageait dans un piège…

— Vous avez raison, admit brutalement Zakahr. Je

compte occuper votre place dans deux ans et m'installer à votre bureau. Et ce jour-là, ce sera la Maison Belenki qui produira les plus belles soies dont rêvent toutes les femmes.

Stupéfaite, Kate les regarda tour à tour.

— Ce jour-là, votre mère m'apportera du café, continua Zakahr nonchalamment. Ou peut-être nettoiera-t-elle les escaliers après mon passage...

Il s'interrompit un bref instant.

— Enfin, je rêve un peu, je l'admets, reprit-il. Mais je me contenterai de la réalité : l'anéantissement total de la Maison Kolovsky...

Pourquoi ? aurait voulu crier Kate, mais elle resta silencieuse, attendant qu'Alexeï pose la question lui-même.

— Vous ne voulez pas savoir pourquoi ? fit alors Zakahr.

— Je connais déjà la réponse, dit tranquillement Alexeï.

— Vous ne savez rien du tout, riposta l'homme d'affaires avec mépris. Vous étiez ivre lors de ce bal de charité, tandis que je racontais ce que j'avais dû faire pour survivre. Vous vous êtes contenté de claquer des doigts pour redemander du champagne. Ensuite, le lendemain, le monde entier a pleuré parce que vous aviez percuté un arbre. Signer des chèques : c'est tout ce que vous savez faire ! Josef, au moins, fait un effort, Levander aussi — même votre sœur s'efforce de réparer les dégâts causés par votre famille. Mais vous, Alexeï, vous avez préféré oublier.

— C'est faux..., ne put s'empêcher de murmurer Kate.

— Vous baignez dans le luxe et la débauche, alors que votre existence est une honte...

— C'est faux ! s'exclama-t-elle.

Le plus insoutenable, c'était de voir Alexeï, immobile sur sa chaise, encaissant les accusations sans réagir.

— Les Kolovsky ont déjà reconnu que Levander…, reprit-elle en s'efforçant au calme.

— Il ne s'agit pas de Levander, l'interrompit Alexeï, sans la regarder, les yeux fixés sur Zakahr.

— Votre supposée fiancée a raison, dit celui-ci en se tournant vers Kate. J'ai jeté un coup d'œil sur les comptes : il vous paie fichtrement bien ! Il ne s'agit pas de Levander, effectivement. Il s'agit de vengeance.

— *De vengeance* ? fit-elle en déglutissant péniblement.

— Vous voulez la vérité ? répliqua-t-il. Eh bien, la voici.

— Je vous l'ai dit : je la connais déjà, répliqua Alexeï.

Il se tourna alors vers Kate, et quand elle vit l'expression de ses yeux gris, elle comprit soudain, elle aussi.

— Zakahr est mon frère, dit-il d'un ton neutre.

Une lueur de surprise apparut dans le regard de Zakahr.

— Vous le saviez ? répliqua-t-il d'une voix sourde.

Alexeï hocha la tête en silence.

— Depuis quand ?

— Que c'était vous ? Je n'en suis certain que maintenant, répondit Alexeï, comme s'il se parlait à lui-même. Ivan et Nina ont eu un fils, quand ils étaient jeunes, avant de rompre pendant un certain temps. C'est durant cette période de rupture qu'Ivan a engendré Levander… Mais vous, Zakahr, vous êtes mon frère à part entière.

Puis il lui parla des certificats qu'il avait trouvés à l'âge de sept ans, et qui lui avaient permis de découvrir que ses deux frères étaient à l'orphelinat : Riminic et Levander Kolovsky.

— J'ai changé de nom, expliqua alors Zakahr. Plus tard. Après m'être enfui de l'orphelinat, j'ai vécu dans la rue pendant plusieurs années. Là, vous n'avez pas besoin d'identité. Une fondation comme celle que je dirige aujourd'hui m'a tendu la main. C'est à ce moment-là, alors que j'étais déjà un homme, que je m'en suis sorti, et que j'ai juré de prendre ma revanche. Vous comprendrez peut-être pourquoi j'ai préféré ne pas prendre le nom de mon père…

Il regarda Alexeï avec mépris.

— N'avez-vous jamais pensé à retrouver ma trace ? Vous avez découvert cette histoire à l'âge de sept ans — et vous êtes maintenant un homme.

Il avait raison, songea Kate. Avec tous les moyens dont disposait Alexeï, avec tout son agent, n'aurait-il pas dû au moins essayer ?

Après un long silence, Alexeï se décida à répondre.

— J'ai cru que mon cerveau avait été touché dans l'accident. Depuis cet accident, j'ai essayé de recouvrer la mémoire, expliqua-t-il. Mais maintenant, je comprends qu'en fait c'est grâce à l'accident qu'elle s'est reconstituée…

Zakahr ouvrit la bouche, mais il leva la main et poursuivit :

— Avant l'accident, je savais que quelque chose n'allait pas… J'ai détesté vous voir à ce bal de charité. Mais après votre départ, j'ai voulu vous parler : j'ai pris ma voiture pour vous retrouver… quand l'accident a eu lieu. Mais la vérité, c'est que je ne savais pas pourquoi il me semblait si important que je vous parle. Je ne savais pas que vous étiez mon frère…

— Je vous en prie ! rétorqua Zakahr d'un ton amer et froid.

Alexeï secoua la tête.

— Après l'accident, je me suis souvenu clairement que mon père m'avait battu, alors que j'avais sept ans. Je me suis rappelé aussi que j'avais découvert ces certificats, et que je lui avais posé des questions sur vous. Que vous le croyiez ou non, je vous jure que c'est la vérité : jusque-là, je n'en avais gardé aucun souvenir. Même l'arrivée de Levander ne m'a pas redonné la mémoire de ces événements… C'est seulement après l'accident que je me suis rappelé ce que j'avais découvert, bien des années plus tôt. Comment est-ce possible ? Je l'ignore complètement…

— Sous le choc, votre mémoire s'est bloquée, dit alors Zakahr.

Complètement abasourdi, Alexeï le regarda en silence.

— Pour qu'un enfant maltraité survive, son cerveau l'aide parfois : il lui permet d'oublier. Je le sais parce que moi-même j'ai fait des choses dont je ne me souviens pas. Il m'arrive de me réveiller la nuit…

— Et vous savez que vous venez d'entrevoir l'enfer ? murmura Alexeï.

Il en avait fait l'expérience, lui aussi.

— Je pense à cette vengeance depuis longtemps, poursuivit Zakhar. Durant toutes ces années, je n'ai eu qu'un seul but : vous anéantir tous.

— Accomplissez-la, répliqua Alexeï. Je ne vous en empêcherai pas.

— Néanmoins, vous pourriez peut-être rencontrer votre avocat, assurer vos arrières,…

Alexeï secoua la tête en silence.

— Vous voulez sans doute protéger les gens que vous aimez ? insista Zakahr en fronçant les sourcils.

— Je m'en suis déjà occupé.

— Je comprends, fit Zakahr.

Soudain, Kate comprit, elle aussi. Et tandis qu'une larme roulait sur sa joue, elle repensa à leurs conversations. Ainsi, c'était pour cela qu'Alexeï avait tellement insisté pour qu'elle encaisse son chèque… A sa façon, même s'il l'avait blessée cruellement quelques heures plus tôt, il avait pris soin d'elle.

— Et Krasavitsa ? reprit Belenki. Votre mère m'a dit que vous ne la lâcheriez jamais sans vous battre.

— Prenez-la, laissa tomber Alexeï d'une voix neutre. Si cela peut vous faire plaisir…

Voilà, il avait tout perdu. Et surtout, il l'avait perdue, elle.

Alexeï conduisait sans un mot.

Un peu plus tôt, il avait blessé Kate, profondément.

Et pourtant, l'amour qu'elle lui portait était unique, et si précieux… Il avait été jusque-là incapable de le comprendre. Et cet amour puissant, indéfectible, il l'avait perdu.

— Je suis désolé.

Les mots avaient jailli malgré lui.

— De quoi ?

— De tout.

Comme ils approchaient de la maison, Alexeï ralentit.

— Si j'avais su, reprit-il, si j'avais compris que Zakahr était mon frère, et à quel point ma famille était horrible, je ne t'aurais jamais exposée à tout cela. Je ne vous aurais jamais fait venir chez moi, toi et Georgina. Je savais que quelque chose clochait, mais je ne soupçonnais pas que c'était aussi grave…

— Je me fiche des erreurs de ta famille ! Toi seul comptais pour moi, s'écria Kate en sortant rapidement du véhicule.

— Je suis désolé de t'avoir accusée à propos de… Et… de m'être retenu alors que nous faisions l'amour.

Elle éclata d'un rire sombre en entrant dans la maison.

— Tu te retiens en tout, Alexeï. Tu te retiens parce que tu as une frousse bleue.

Soudain, une voiture se gara à côté de celle d'Alexeï.

— Te voilà ! s'exclama ce dernier, tandis que Georgina sortait du véhicule, suivie de Sophie.

— Tu as passé une bonne journée ? demanda Kate en se forçant à sourire à sa fille.

— Je déteste cette école, répondit Georgina, avant de fondre en larmes. Je ne veux plus jamais y retourner !

— Que s'est-il passé ? demanda Kate, une fois qu'ils furent dans la cuisine.

Alexeï sortit un jus de fruits du réfrigérateur pour la petite fille, avant de quitter discrètement la pièce.

— Je n'aime pas cette école, sanglota Georgina. Promets-moi que je n'y retournerai plus jamais.

— Pas avant que tu ne m'expliques ce qui s'est passé.

Kate savait très bien qu'elle aurait dû se montrer patiente, attendre que Georgina parle spontanément, mais elle était elle-même dans un état de nerfs épouvantable.

— Parle-moi, Georgina.

— Je ne l'aime pas, c'est tout. Les autres filles sont méchantes.

— Que t'ont-elles dit ?

Pour toute réponse, Georgina se mit à pleurer de plus belle.

— Si tu allais nager un peu ? demanda alors Alexeï en réapparaissant sur le seuil de la cuisine.

Même si Kate le détestait, elle fut soulagée qu'il prenne le relais.

— Va te baigner, dit-elle. Je vais préparer des sandwichs et quand tu te seras calmée un peu, tu pourras peut-être me raconter ce qui se passe.

— Viendras-tu nager avec moi ? demanda Georgina.

— Bien sûr, répondit Kate, même si elle n'en avait vraiment pas envie…

— Et toi ? fit Georgina en se tournant vers Alexeï. Tu viens aussi ?

Kate avait perçu une légère nuance de défi dans le ton de sa fille.

— Bien sûr, répondit-il à son tour.

***

Après être allée se changer, Kate se dirigea vers la piscine. Mais lorsqu'elle entendit fuser le rire de sa fille, elle s'arrêta devant la baie vitrée : sur la pelouse près du bassin, Alexeï jouait au ballon avec Georgina, et ce spectacle lui serra douloureusement le cœur.

Elle allait devoir annoncer à sa fille qu'elles allaient de nouveau déménager. Que les fiançailles avec Alexeï étaient rompues. Que son père était parti à Bali, définitivement…

— Attrape-moi ! cria Georgina.

Kate sentit sa gorge se nouer d'appréhension en la voyant déraper et basculer en avant, comme au ralenti : elle était beaucoup trop près du bord du bassin, elle allait se fracasser le crâne !

Mais Alexeï réussit à rattraper Georgina au vol, avant de tomber à la renverse dans la piscine, tandis que des gerbes d'eau jaillissaient autour d'eux.

— Ne refais plus jamais ça, dit-il enfin, presque en criant.

Lorsque Kate sortit en courant et les rejoignit, elle était encore terrifiée.

— Tu aurais pu avoir un accident. J'aurais pu arriver trop tard…, continuait à expliquer Alexeï en sortant du bassin. J'ai failli arriver trop tard !

Sous son hâle, il était livide, remarqua Kate.

— Mais tu as réussi, répliqua simplement la fillette.

— Ma chérie…, commença Kate d'une voix tremblante. Tu ne dois pas courir aussi vite au bord de l'eau.

— Oui, mais Alexeï m'a rattrapée…, protesta Georgina d'une toute petite voix, avant de se mettre à pleurer.

— Tout va bien, tu es saine et sauve. Je suis seulement troublé parce que…

Devant ses larmes, il se sentait horriblement impuissant.

— … parce que je t'aime beaucoup.

— Non ! Ce n'est pas vrai ! riposta Georgina.

Puis elle lança un regard de défi à sa mère.

— A l'école, tout le monde sait que vous faites semblant. La nounou de Lucy est une amie de Sophie, poursuivit-elle d'un ton accusateur. Et Sophie lui a dit que bientôt il se débarrasserait de nous ! Lucy a tout entendu !

— Personne ne se débarrassera de vous, répliqua Alexeï d'une voix sourde.

— Mais ça va être fini, dit Georgina. Je vous ai vus vous disputer.

— Les grandes personnes se disputent parfois, expliqua Alexeï.

— Quand repartons-nous ? demanda Georgina d'une voix suraiguë.

En proie à une véritable nausée, Kate essaya de sourire.

— Nous allons vivre dans une nouvelle maison, ma chérie. Tout près de ta nouvelle école.

— Alors, c'est vrai ?

Georgina se détourna en réprimant un sanglot, avant de s'enfuir pour se réfugier dans sa chambre.

Se sentant horriblement coupable, Kate voulut s'élancer à sa suite.

— Kate ! fit Alexeï en lui bloquant le passage. Tu n'as rien fait de mal. Une fois que vous serez installées dans votre nouvelle maison, elle ira mieux. Et puis, elle va peu à peu s'intégrer dans sa nouvelle école…

— Tu ne comprends pas, n'est-ce pas ? fit Kate d'une voix étranglée. Tu penses qu'il s'agit de la maison, de la piscine, et de cette école pour gosses de riches…

Elle le haïssait tant, à cet instant !

— Ma fille se fiche éperdument de tout cela. Elle t'aime, et elle croyait que tu nous aimais toi aussi…

Alexeï la laissa partir.

D'instinct, il savait qu'il ne fallait surtout pas la suivre, qu'il ferait mieux de s'en aller, le plus loin possible. Mais il se dirigea lentement vers les escaliers, et ce trajet fut le plus difficile de sa vie.

Depuis la dernière marche, il entendit Georgina demander entre deux sanglots :

— Pourquoi il ne nous aime pas ?

— Alexeï est confronté à beaucoup de problèmes en ce moment, répondit Kate, en s'efforçant de prendre un ton calme et assuré. Il y a des tas de disputes dans sa famille, et il ne veut pas nous impliquer dans tout cela…

— Mais nous pourrions l'aider, l'interrompit Georgina. Nous serions gentilles avec lui au lieu d'être méchantes comme les gens de sa famille.

— Ce n'est pas aussi simple, ma chérie.

Alexeï ferma les yeux et écouta Kate tenter d'apaiser sa fille. Il aurait tellement voulu ouvrir la porte et la contredire…

— Alors, poursuivit Kate, il ne sait pas trop ce qui va se passer pour lui au travail, ni même s'il pourra garder sa maison…

— Pourquoi ne viendrait-il pas habiter avec nous dans notre nouvelle maison ? Tu as dit que nous allions déménager et habiter tout près de l'école.

— Oui, c'est vrai, mais ce ne sera pas le genre de maison auquel Alexeï est habitué.

Soudain accablée, Kate s'assit sur le lit à côté de sa fille, puis, doucement, elle lui caressa l'épaule pour essayer de la consoler.

Alexeï l'avait prévenue dès le début, et elle avait pensé que l'éducation et la sécurité de sa fille valaient la peine de prendre le risque. Mais à présent, devant la souffrance causée à Georgina, elle se sentait soudain gagnée par la colère.

— Je croyais qu'il nous aimait, sanglota Georgina, le visage enfoui dans son oreiller. J'ai dit aux autres filles que j'avais un nouveau papa…

Comment aurait-elle pu l'en blâmer ?

Tout à coup, elle eut envie de s'allonger à côté de sa fille et de pleurer avec elle. De cesser d'être courageuse et forte. Tout cela était trop injuste !

Durant un instant, les larmes se pressèrent sous ses paupières, tandis que sa gorge se serrait douloureusement. Puis, soudain, elle sentit la main d'Alexeï se poser sur son épaule.

— Georgina, dit-il d'une voix incroyablement douce. Rien ne pourrait me rendre plus fier que d'être ton père.

— Alors, pourquoi nous renvoies-tu ? demanda-t-elle en tournant son petit visage vers lui.

— Je ne vous renvoie pas, expliqua-t-il. Une partie de moi veut que vous partiez parce que je crois que ce serait mieux pour vous.

— Comment ça ? répliqua Georgina en se redressant.

Il s'assit à côté d'elle.

— Ta maman te l'a expliqué : si vous restiez, les choses pourraient devenir très compliquées.

— Je m'en fiche.

— Je le vois bien. Georgina, ma vie a été…

Il se tourna brièvement vers Kate pour lui demander de l'aide.

— Alexeï n'est pas du genre à s'installer avec une femme, dit-elle.

— Je ne l'étais pas, corrigea-t-il. Je n'avais jamais envisagé de me marier, et certainement pas de devenir père.

— Pourquoi ? demanda la petite fille.

— Je pensais que je ne serais pas très doué pour cela, reconnut-il. Quand j'étais petit, on m'a appris à ne faire confiance à personne, et j'ai obéi : je ne me faisais même pas confiance.

Georgina avait cessé de pleurer et le regardait d'un air grave.

— Quand je vois mes frères avec leurs enfants,

continua-t-il, je me demande comment ils peuvent être si sûrs de faire ce qui est bien pour eux, de prendre les bonnes décisions…

Devinant son embarras, Kate intervint de nouveau.

— Etre papa, c'est une grande responsabilité, Georgina, et Alexeï n'est pas sûr de…

— Je ne suis pas sûr de faire un très bon père, l'interrompit-il en resserrant la main sur son épaule. Mais je vais essayer…

Kate eut l'impression que les murs se mettaient à tourner autour d'elle.

— Je ferai tout ce que je pourrai pour prendre soin de toi et de ta maman. J'ai un nouveau frère, et je veux me conduire comme il faut avec lui aussi. Mais toi, Georgina, et ta maman, vous passez avant tous les autres. Je vais me battre pour ce qui est important à mes yeux.

Georgina ne comprenant visiblement pas le sens de ses paroles, il expliqua :

— Zakahr est mon frère aîné : il a le droit de diriger la Maison Kolovsky. Mais moi, j'aurai une épouse et une fille sur lesquels veiller…

— On s'en fiche, de l'argent, dit Georgina. Du moment que nous avons des tas de chaînes sur notre télévision !

— Vous méritez de profiter des meilleures choses de la vie, approuva Alexeï en réussissant même à sourire. Et maintenant, je saurai pour qui et pourquoi je travaille…

Jamais il n'avait parlé avec cette sincérité. Toutes ces années de vie dissolue, de quête dérisoire, se dissolvaient à présent dans le néant.

— Tu veux dire pour nous deux, maman et moi ?

— Oui.

— Alors, je peux dire aux filles à l'école que…

— Tu peux leur dire que tu vas être demoiselle d'honneur.

Alexeï sourit, tandis que Kate pâlissait.

— Tu pourrais peut-être me demander d'abord mon avis ? demanda-t-elle.

— Vas-tu refuser ?

Kate regarda Georgina, puis Alexeï. Comment aurait-elle pu refuser ?

— Je t'aime, Kate.

Il le disait pour la première fois, et devant Georgina. Alors, Kate comprit qu'il était sincère.

— Oui, murmura-t-elle.

— Youpi ! s'exclama Georgina, quand Alexeï se pencha vers Kate et l'embrassa.

Une fois dans leur chambre, Alexeï plongea son regard dans celui de Kate.

— Je vais parler à Zakahr, promit-il. Lors de cette conversation, je n'ai pensé qu'à moi… Tu mérites de…

— J'ai déjà tout ce que je pourrais désirer, l'interrompit Kate. Quand tu lui as dit que tu lui laissais tout, j'ai été incroyablement fière de toi. Zakahr est ton frère.

Cette femme merveilleuse serait bientôt *la sienne*, songea Alexeï avec une joie nouvelle. Et il comprit soudain qu'il allait enfin pouvoir avoir confiance en quelqu'un.

— Seras-tu là quand je parlerai à ma mère ? demanda-t-il.

— Je serai toujours là, répondit-elle sans hésiter.

— La robe Kolovsky ne lui ira pas… Elle est trop juste…

Cela fut la première réaction de Nina, le lendemain. Visiblement, elle avait déjà retrouvé son don pour les remarques acerbes.

— Josef est ton frère jumeau, poursuivit-elle. Il sera ton témoin.

— J'aime beaucoup Josef, répliqua Alexeï, mais j'ai déjà parlé de cela avec lui.

Une sensation étrange s'empara de lui : le moment de vérité était arrivé.

— J'ai décidé que Zakahr serait mon témoin, reprit-il calmement. Et Josef a approuvé ma décision.

— Zakahr ? fit Nina en fronçant les sourcils. Pourquoi choisirais-tu un étranger ? Il n'est même pas…

— Etant donné que tu chantes ses louanges depuis des mois, je pensais que tu approuverais mon choix, l'interrompit Alexeï.

— Zakahr n'est qu'un partenaire en affaires.

— Tu pensais vraiment qu'il t'aimait bien ? répliqua-t-il. Tu croyais vraiment qu'il avait les intérêts de la Maison Kolovsky à cœur ?

Il la regarda avec mépris.

— Tu n'as pas été très futée…

— Je t'interdis de me parler de cette façon ! protesta Nina. Je suis ta mère.

— Et Zakahr est ton fils.

Kate n'aurait jamais pu imaginer qu'elle se sentirait un jour désolée pour cette femme qui s'était si mal occupé de ses enfants.

Mais quand la couleur se retira de son visage maquillé avec soin, quand elle vacilla et se raccrocha au bureau pour ne pas tomber, Kate ressentit de la compassion pour elle. Craignant qu'elle ne s'effondre complètement, elle approcha une chaise et l'aida à s'y installer.

— Riminic ! gémit Nina en sanglotant.

— Tu te souviens des paroles de Zakahr, le soir de ton bal de charité ? continua impitoyablement Alexeï. Tu te souviens qu'il a raconté ce qu'il avait dû faire pour survivre ? Comment ce garçon, ton fils, avait dû mendier, voler, et…

— Arrête ! s'écria Kate. Arrête, Alexeï, ça suffit.

— Quoi ? Elle ne peut pas supporter de l'entendre, dit-il avec dédain. Et pourtant, Zakahr, lui, l'a vécu.

— Pardonne-moi ! s'écria Nina.

A cet instant, alertée par les cris, Lavinia arriva en courant, malgré ses talons d'une bonne dizaine de centimètres.

— Pardonne-moi, Alexeï ! répéta Nina en sanglotant.

— Ce n'est pas à moi qu'il faut demander pardon, répliqua-t-il. C'est à mon frère — ton fils.

— Laisse-la, Alexeï, dit Kate.

Abandonnant Nina aux soins de Lavinia, Alexeï et elle franchirent les portes à tambour rutilantes. Puis ils restèrent immobiles en haut des marches.

Le soleil brillait de tous ses rayons, et le monde s'offrait à eux, songea Kate.

Alexeï lui prit la main.

— Tu es vraiment sûre de vouloir devenir une Kolovsky ?

— Archi-sûre, répliqua-t-elle en souriant.

Epilogue

Aussi douce que des pétales de rose, le tissu effleurait son corps comme une caresse, à chaque mouvement. C'était une robe Kolovsky, mais pas *la* robe Kolovsky : à son tour, Kate avait refusé de la porter.

— Est-ce que je ressemble à une princesse ? demanda Georgina pour la centième fois.

— Oui, ma chérie…, répondit Kate.

La robe de sa fille, signée Kolovsky elle aussi, était à la fois simple et époustouflante, d'un rose un peu plus soutenu que celui de la robe de Kate. Des fleurs ornaient ses cheveux et ses yeux étincelaient — avec intelligence certes, mais son regard était surtout celui d'une enfant ravie d'être ainsi parée. D'autant que ses petites camarades allaient pouvoir l'admirer…

Alexeï avait fait coudre des diamants dans l'ourlet de la robe de la petite fille. Ils ne reverraient plus la lumière du jour, à moins qu'on n'en ait besoin… C'était sa façon de dire que, quoi qu'il arrive, elle et sa mère seraient toujours en sécurité.

A l'occasion de la parution du faire-part de leur mariage, la presse avait annoncé que, « se reposant » dans une clinique privée, Nina pourrait bien ne pas assister au mariage de son fils… Par ailleurs, les journalistes se perdaient en conjectures quant à la présence prolongée de Zakahr Belenki dans l'entourage de la famille Kolovsky. Qui était vraiment cet homme ?

Mais Nina vint. Et quand elle la vit, Kate se sentit curieusement fière de sa belle-mère. Elle lui sembla minuscule, incroyablement frêle mais droite, le visage figé sous son maquillage, s'appuyant un peu sur Lavinia — et faisant des efforts terribles pour sourire.

Mais Kate était surtout fière des frères et de la sœur d'Alexeï.

Levander était venu avec toute sa petite famille du Royaume-Uni et, quand elle s'avança dans l'allée centrale, Dimitri se tourna vers elle et lui sourit. Kate lui rendit son sourire, émue jusqu'aux larmes.

Depuis son arrivée, Josef veillait au bon déroulement de la cérémonie. Quant à Annika, elle s'occupait de Georgina.

Immobile à côté de l'homme qui allait devenir son époux, Kate se sentit soudain incapable de le regarder, craignant de fondre en larmes. Mais lorsque Zakahr s'approcha d'Alexeï, avant de lui prendre le coude en souriant, elle ne put retenir ses larmes.

Comment faisait-il ? Comment Zakahr pouvait-il supporter de se retrouver au milieu de toute cette famille ? Comment pouvait-il envisager de leur pardonner ?

Mais quand elle regarda enfin son fiancé, Kate oublia tout. Sauf lui.

Alexeï se pencha vers celle qui allait devenir sa femme et l'embrassa tendrement. Ensuite, après s'être écarté d'elle, il s'approcha de Georgina, avant de déposer un gros baiser sur ses joues, toutes roses de plaisir et de fierté.

Puis il revint vers Kate. Sa *krasavitsa*.

LA REVANCHE DE RICARDO DE CALVHOS, Michelle Reid • *N°3190*

Pour éviter la prison à son frère, Angie doit demander son aide à son mari dont elle est séparée depuis un an. Ce dernier accepte, mais à une condition : qu'elle revienne vivre avec lui…

LA FIANCÉE DE NOËL, Catherine Spencer • *N°3191*

Lors de vacances en Sardaigne, Arlène rencontre un richissime Italien, Domenico Silvaggio d'Avalos, qui lui propose bientôt de découvrir l'île en sa compagnie. Sous le charme, elle accepte et, oubliant toute prudence, finit par succomber au désir dans les bras du beau milliardaire. Même si elle sait qu'il finira par se lasser d'elle et que ce jour-là, elle aura le cœur brisé...

LE MENSONGE D'UN MILLIARDAIRE, Robyn Donald • *N°3192*

Parce qu'il soupçonne Taryn Angove d'être responsable de la mort de son frère, Cade décide de se rendre en Nouvelle-Zélande, où vit la jeune femme. Mais lorsqu'il se retrouve devant Taryn, il découvre, stupéfait, que celle-ci n'a rien à voir avec la créature cupide et sans morale qu'il avait imaginée...

LE SECRET D'UNE NUIT, *Sharon Kendrick* • *N°3193*

En annonçant au prince Carlo qu'elle a eu un enfant de lui, Mélissa s'attend à subir la colère de celui qui a été son amant, deux ans plus tôt. Mais à sa grande stupeur, non seulement Carlo ne la croit pas, mais il ne la reconnait même pas ! Déçue, blessée, Mélissa quitte le palais avec, pourtant, le sentiment inexplicable que Carlo lui a caché quelque chose…

LE FILS CACHÉ DES KOLOVSKY, *Carol Marinelli* • *N°3194*

- Le secret des Kolovsky - 2ème PARTIE

Lavinia n'a pas le choix. Si elle veut la garde de sa demi-sœur, âgée de quatre ans, il lui faut à tout prix conserver son emploi. Ce qui signifie qu'elle doit accepter de travailler avec Zakhar Belinki, l'arrogant homme d'affaires russe qui vient de reprendre la célèbre maison Kolovsky…

Attention, numérotation des livres pour le Canada différente : numéros 1619 à 1624

Best-Sellers n°486 • suspense

Un mystère à Black Falls - Carla Neggers

La petite ville de Black Falls, dans le Vermont, semble bien paisible sous son rideau de neige… jusqu'à ce que Rose Cameron, experte en sauvetages d'urgence, découvre un corps carbonisé, presque méconnaissable. Presque… car Rose est sûre de savoir de qui il s'agit, et elle est convaincue que cette mort n'a rien d'un accident. D'autant que Nick Martini, un pompier expérimenté qui est venu la trouver, soupçonne lui aussi l'intervention d'un pyromane. Nick, un homme séduisant qu'elle n'avait jamais revu depuis la nuit de passion qu'ils ont partagée l'année précédente. Bouleversée par ces retrouvailles mais décidée à faire le jour au plus vite sur cette sombre affaire, Rose met de côté ses sentiments et accepte de collaborer avec Nick pour traquer un dangereux criminel – au risque de se retrouver prisonnière d'un piège de feu.

Best-Sellers n°487 • suspense

Mémoire à vif - Brenda Novak

De retour dans le Tennessee à Whiterock, sa ville natale, après douze années d'absence, Sheridan Kohl redoute de voir son passé refaire surface, et avec lui les terribles souvenirs qui ont bouleversé sa vie. Et même si elle a peu à peu reconstruit son existence autour de l'association d'aide aux victimes qu'elle a créée en Californie avec deux amies, elle sait que seule la vérité sur son agression et sur le meurtre dont elle a été le témoin adolescente pourra la libérer des cauchemars qui hantent ses nuits. Mais à peine arrivée, Sheridan est à nouveau victime d'une agression et ne doit la vie sauve qu'à l'intervention de Cain Granger, son amour de jeunesse. Cain, un mauvais garçon au charme ravageur que toute la petite communauté de Whiterock soupçonne encore d'être l'auteur du crime que Sheridan est venue résoudre.

Best-Sellers n°488 • suspense

Menacée - Karen Harper

Lorsqu'elle se rend dans un coin perdu de l'Alaska pour un stage professionnel, l'avocate Lisa Vaughn espère profiter pleinement de ces quelques jours en pleine nature. Pourtant, dès son arrivée, une étrange impression d'être épiée la met mal à l'aise. Un malaise qui se transforme en panique lorsque Lisa est précipitée dans les eaux tumultueuses et glacées du torrent Wild. Un torrent dont elle ne serait jamais sortie vivante si Mitch Braxton ne s'était embarqué en kayak dans une course folle sur les rapides pour la sauver. Mitch, le directeur du stage, mais aussi et surtout son ancien fiancé, cet homme qui lui a déchiré le cœur en partant vivre loin d'elle plusieurs années auparavant. Bouleversée et désorientée, Lisa accepte la proposition de Mitch de veiller sur elle et de l'aider à enquêter. S'agit-il d'un simple accident, d'une menace ? Ou, aussi incroyable que cela puisse paraître, quelqu'un souhaite-t-il réellement la tuer ?

Best-Sellers n°489

Magie d'hiver

Les cinq histoires réunies dans ce livre explorent la magie d'un hiver de givre où la douceur ouatée de la neige et la chaleur réconfortante des feux de bois accompagnent toutes les promesses d'amour… Amour impossible d'Alanna qui, le soir de Noël, ne peut pas accepter la demande en mariage de Ian alors qu'il va bientôt devoir partir. Amour renaissant de Noelle et Thom, séparés depuis dix ans, qui se retrouvent au moment des fêtes de fin d'année. Amour passionné d'Elaine et Tony qui, depuis leur adolescence, se donnent rendez-vous à chaque veille de Noël. Jusqu'au jour où Elaine attend Tony en vain… Amour fou et imprévu de Devin pour Robin et le bébé qu'elle met au monde un soir de tempête. Un amour qui fait naître en lui le désir d'une vraie famille. Amour absolu d'Amy qui rêve pour ses enfants du plus merveilleux des réveillons de Noël. Autant de rencontres imprévues, de brûlantes étreintes, de retrouvailles bouleversantes et de tendres réconciliations…

Best-Sellers n°490 • suspense

L'île des disparues - Heather Graham

Quand Chloé Marin, jeune et talentueuse psychologue, collabore à une enquête de police sur la mystérieuse disparition d'un jeune mannequin sur une petite île de Floride, elle ne s'attend pas à voir son propre passé ressurgir. Et surtout pas ces meurtres terribles qui l'ont brisée lorsqu'elle était adolescente et qu'elle a essayé d'enfouir au plus profond de sa mémoire. Pourtant, à peine démarre-t-elle ses recherches que des crimes sont commis et lui rappellent le drame dont elle a été témoin dix ans plus tôt. Mais le plus perturbant, ce sont encore ces visions qui s'emparent de son esprit. Des visions incroyablement réalistes de la jeune femme disparue implorant son aide. Dès lors Chloé n'a plus le choix. Prête à tout pour faire la lumière sur cette affaire, elle s'associe à Luke Cane – un détective privé secret et mystérieux à qui elle a rapidement accordé sa confiance. Mais elle ne sait pas encore à quel point sa protection lui sera précieuse. Ni qu'elle est désormais la cible d'un tueur implacable. Un tueur qui n'est jamais loin …

Best-Sellers n°491 • thriller

Le silence de la peur - Karen Rose

Son projet était désespéré. Mais Mary Grace Winters savait que la seule manière pour elle et pour son fils d'échapper à son mari, un policier violent qui les maltraitait, était de mettre en scène leur propre mort…

Aujourd'hui, tout ce qu'il reste de leur ancienne vie gît au fond d'un lac. Sous une nouvelle identité, Mary Grace a trouvé refuge avec son petit Tom à Chicago, loin de sa ville natale. Et sous le nom de Caroline Stewart, elle a presque oublié le cauchemar qu'elle a fui sept ans auparavant, au point de se laisser aller à une relation amoureuse avec son nouveau collègue, Max Hunter. Max, un homme qui est lui aussi hanté par d'anciennes et profondes blessures, et qui lui a spontanément inspiré confiance. Pourtant, elle l'ignore encore, son passé est sur le point de ressurgir et de faire voler en éclats la vie paisible qu'elle s'est construite. Car son mari a retrouvé sa trace et celle de son fils. Pas à pas, il se rapproche…

Best-Sellers n°492 • historique
Innocente trahison - Kat Martin

Angleterre, 1854.
Depuis qu'ils l'ont recueillie chez eux après la mort de ses parents, Lily Moran voue une loyauté sans faille aux Caulfield, et surtout à leur fille Jocelyn dont elle est devenue la dame de compagnie. Une loyauté qui est mise à rude épreuve lorsqu'elle rencontre Royal Dewar, duc de Bransford, auquel Jocelyn est promise depuis des années. Car si Lily sait que cet homme ne lui appartient pas, elle ne peut ignorer l'intense désir qui s'installe entre eux dès les premiers instants. Et bientôt, incapable de résister à la tentation, Lily s'abandonne entre les bras du duc pour un baiser d'une incroyable sensualité.
Pourtant, elle le sait, Royal n'a rien de plus à lui offrir que ces quelques instants de plaisir volés. N'a-t-il pas promis à son père qu'il épouserait Jocelyn, ainsi que sa fortune, pour restituer son prestige au duché de Bransford ? Alors, déterminée à mettre un terme à ce vain jeu de séduction, Lily fait tout pour éviter le fascinant Royal. Jusqu'à ce que le destin les pousse à commettre l'irréparable…

Best-Sellers n°493 • suspense
Tensions - Francis Roe
Pour la première fois depuis le début de sa brillante carrière de chirurgien à New Coventry, le docteur Caleb Winter est confronté à un terrible cas de conscience : afin de sauver la vie de sa patiente, Céline de la Roche, il devrait normalement pratiquer une intervention classique et en accepter les effets secondaires indésirables. Et pourtant, cette fois, il se sent prêt à risquer sa carrière et sa réputation pour tenter une « première » médicale en pratiquant sur elle une greffe très risquée. Caleb a en effet des raisons personnelles de vouloir tenter le tout pour le tout. Et même si son devoir de médecin lui impose la plus stricte neutralité, il sent bien que son jugement est altéré par l'irrépressible attirance qu'il éprouve pour Céline. Car sa patiente – une femme de pouvoir qui dirige une maison d'édition new-yorkaise -, est jeune, belle et intelligente. Fragile aussi. Une fragilité qui fait écho à sa propre solitude dans un monde hospitalier fait de rivalités et de querelles de pouvoir, où Caleb suscite de terribles jalousies. Mais peut-il vraiment se lancer dans une lutte sans merci pour Céline… au risque de tout perdre ?

Composé et édité par les
éditions HARLEQUIN
Achevé d'imprimer en octobre 2011

BRODARD & TAUPIN

La Flèche
Dépôt légal : novembre 2011
N° d'imprimeur : 65360

Imprimé en France